맛난 부사

말맛지도 따라떠나는
우리말 부사 미식 여행

맛있는 부사가 왔어요

부사부터 지워라!

이 말은 잡지 기자가 되고 맨 처음 받은 가르침 중 하나다. 신입 기자 시절
에는 기사 게재 면 수에 따른 원고 양을 가늠하지 못해 툭하면 글이 넘쳤
다. 적게는 두세 문단, 많게는 기사의 절반을 지워야 했다. 어디를 어떻게
줄여야 할지 몰라 동동거리는 신입 기자에게 20년 경력의 고참 선배는 '기
사가 넘칠 땐 부사부터 지워야 한다'고 조언했다. 잊을 뻔했다며 '그 다음
은 형용사!'라는 말도 덧붙였다.

대선배의 가르침이었으나 나는 차마 따르지 못했다. 그 수가 많지도 않은
데다 부사마다의 말맛을 생각하면 쉽사리 지울 수가 없었다. 부사를 문장
에서 없애도 될 품사라 여기다니, 실로 놀라울 뿐이었다. 결국 애송이 기
자는 한 문단을 통째로 지우는 선택으로 얼마 남지 않은 소중한 부사를 지
키곤 했다.

부사는 힘차다!

부사는 문장에서 가장 먼저 지워야 할 힘없는 말이 아니라 깊고 너른 뜻을
품은 말이다. 이 책을 쓰면서 부사의 네 가지 힘에 매료되었다.

하나, 스며드는 힘! 부사는 명사나 동사, 형용사에 비하면 그 뜻의 경계가

흐리다. 무언가를 명확히 지시하거나 한계 짓기보다 문장 전체에 그 힘을 널리 퍼뜨린다. 가령 '비로소'는 이전의 모든 문장을 끌어안으며 새로운 변화의 시작을 알린다. 가령 '바야흐로'는 긴 과거를 네 음절에 품은 채 내일의 문을 열고 시절을 넘어 시대를 향해 나아간다.

둘, 덧붙이는 힘! 부사는 어떠한 상태나 상황, 또는 감정을 고조시킨다. 부사가 수식하는 그 대상의 상태나 감정의 폭을 확장시키고, 그 의미의 깊이와 너비를 유연하게 배가시킨다. 이를테면 '기쁘다'라는 표현만으로는 알 수 없으나 '그나마 기쁘다', '새삼 기쁘다', '마냥 기쁘다'와 같이 서술어 앞에 부사를 더하면 기쁜 감정의 정도와 빈도도 세세해진다.

셋, 웅어리진 힘! 부사는 기나긴 상황이 응축된 말이라 두서너 음절만으로 눈앞에 장대한 광경을 펼친다. '아스라이'를 떠올리면 머나먼 별을 올려다보는 모래밭의 작은 꽃 한 송이 그려지고, '웅숭깊이'를 떠올리면 가마솥에 끓인 숭늉 한 그릇이 게다리소반에 차려진다. '불현듯'이라 하면 칠흑 속에 불을 켠 듯 삽시에 환해지는 영상이 눈앞에 펼쳐진다.

넷, 아름다운 힘! 이 책에 소개하는 부사는 모두 우리말 단어다. 일부 음절이 한자이거나 아예 한자어인 경우는 제외했다. 우리말의 아름다움이 담뿍 배인 부사는 아껴 발음하면 마치 처음 듣는 단어처럼 낯설고 신비롭다. 그 뜻과 모양에 말의 멋과 맛이 고스란히 스며들어 아름답다. '오롯이', '사뭇', '고즈넉이' 같은 단어를 되뇌면 어느덧 마음에 은하수가 흐른다.

부사는 맛있다!

이 책에서는 네 가지 부사의 힘을 보다 친숙하게 받아들이도록 음식의 다섯 가지 맛에 착안해 다섯 가지 말맛, 곧 **단맛 · 짠맛 · 신맛 · 쓴맛 · 물맛**에 따라 스물 다섯 개의 단어를 간추렸다.

1장 단맛의 부사에는 **기꺼이 · 비로소 · 바야흐로 · 마냥 · 부디** 등 음식의 단맛처럼 떠올리기만 해도 슬며시 미소 짓게 만드는 부사, 간절한 바람이 이루어졌거나 앞으로 이루어지리라는 뜻을 담은 희망찬 부사를 담았다.

2장 짠맛의 부사에는 **어이 · 이토록 · 오롯이 · 애달피 · 아스라이** 등 마음이 에일 때 절로 쏟아지는 눈물처럼 짜디짠 맛, 삶의 비애가 깃들어 물기 어린 맛, 서글프고 애달프고 안타까운 맛의 부사를 소개했다.

3장 신맛의 부사는 레몬즙처럼 청량하고 말끔한 향기를 가진 말로 정하고, 이전의 맛을 지우고 새로운 기운을 부르는 부사, **자칫 · 새삼 · 이따금 · 불현듯 · 사뭇**을 깊이 들여다보았다.

4장 쓴맛의 부사에는 **차마 · 굳이 · 겨우 · 도무지 · 차라리** 등을 추려 담았는데, 이 다섯 부사는 모두 힘겨운 삶의 땀과 노고가 느껴지는 한편 한탄을 딛고 도약하는 말이다.

5장 물맛의 부사는 널리 퍼지고 깊이 솟아나는 물, 만물을 살리고 보듬는 물 같은 부사로 가려 모아 **모름지기 · 웅숭깊이 · 고즈넉이 · 두루 · 고이**의 세계로 들어가보았다.

한 단어를 떠올릴 때마다 하나의 장면이 연상되었다. 조금이나마 맛난 부사를 이해하는 데 도움이 될까 하여 모자라나마 그림도 보태어 그렸다. 부디 이 책이 오래도록 잊고 지낸 말맛, 그중에서도 부사의 깊고 너른 말맛을 새삼 깨우치고 일상에서 그 맛을 고이 음미하도록 이끄는 기꺼운 길잡이가 되기를 바란다.

목차

1장
단맛의 부사

간절한 바람을 담은 다디단 부사

2장
짠맛의 부사

삶의 비애가 배어 눈물어린 부사

3장
신맛의 부사

일상의 흐름을 바꾸는 청량한 부사

4장
쓴맛의 부사

고난에 맞서는 쓰디쓴 부사

5장
물맛의 부사

만물을 보듬는 물같은 부사

말맛 지도

우리말 부사 안내도

다섯 가지 말맛에 따른

● 단맛　■ 짠맛　✳ 신맛　✦ 쓴맛　〜〜 물맛

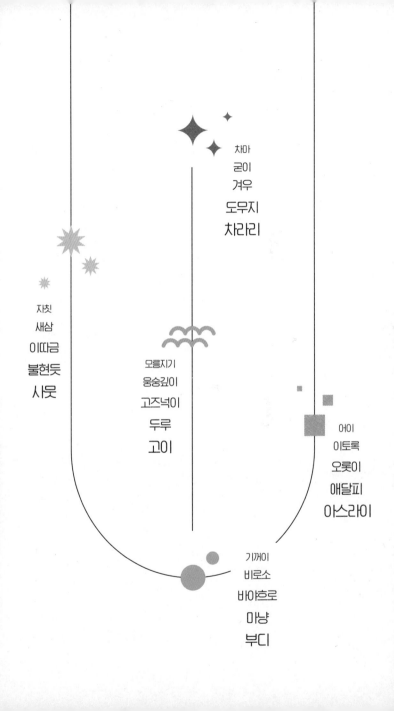

차마
굳이
겨우
도무지
차라리

자칫
새삼
이따금
불현듯
사뭇

모름지기
웅숭깊이
고즈넉이
두루
고이

어이
이토록
오롯이
애달피
아스라이

기꺼이
비로소
바야흐로
마냥
부디

기꺼이

비로소

바야흐로

마냥

부디

단맛의 부사

어이
이토록
오롯이
애달피
아스라이

짠맛의 부사

자칫
새삼
이따금
불현듯
사뭇

신맛의 부사

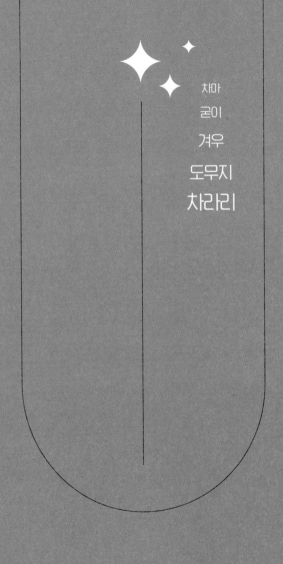

차마

굳이

겨우

도무지

차라리

쓴맛의 부사

모름지기
웅숭깊이
고즈넉이
두루
고이

물맛의 부사

1장
단맛의 부사

간절한 바람을 담은 다디단 부사

●
▩
✳
◆
〰

기꺼이

비로소

바야흐로

마냥

부디

기꺼이

●

마음이
내키니
달가이

뜻 풀 이

마음속으로 은근히 기쁘게.

닮 은 말

즐거이 · 흐뭇이

본 보 기

(김소월 '진달래꽃' 1연)

나 보기가 역겨워

가실 때에는

말없이 고이 보내드리우리다

(모바일 대화체로 번역)

역겨워? 헤어져? **기꺼이!**

두 팔 벌려 기꺼이

'기어이'가 주먹이라면 **기꺼이**는 보자기다. '흔쾌히'가 기운찬 폭소라면 **기꺼이**는 잔잔한 미소다. '꺼이꺼이'가 슬픔에 겨운 통곡이라면 **기꺼이**는 그 슬픔을 나누는 흐느낌이다. **기꺼이**는 함께 웃고 같이 울자며 두 팔 벌려 다가가는 말이다.

'깃들다'라는 뜻의 옛말 '깃겁다'는 흘러 흘러 기쁨이 깃든 '기껍다'가 되었는데, 이때의 기쁨은 모란 폭죽처럼 찬란한 환희보다는 화로 불돌처럼 은근한 달가움에 가깝다. **기꺼이**를 뜻하는 영어의 관용어 'With Pleasure'에도 기쁨이 깃든 점은 공교롭고 흥미롭다.

기꺼이는 스스로 기쁠 때도 쓰지만 특히 외부의 요청에 응할 때 자주 쓴다. 이 글에서는 주로 응답할 때의 **기꺼이**를 다루기로 한다. 가령 너무 멀어 손이 닿지 않으니 식탁 끝에 놓인 깍두기 그릇을 좀 밀어달라는 동생의 눈짓이나 지나는 길이면 경복궁역 앞에 내려달라는 친구의 부탁을 받아들이는 **기꺼이**는 그러한 청을 기다렸다는 듯 순순하다.

나아가 제주행 비행기에서 창가 좌석을 양보해 달라거나 선물 받은 자전거를 주말에 빌려달라는 부탁에는 잠시 멈칫대기도 한다. 하지만 이내 바다야 비행기에서 내려 실컷 보면 되고 매양 묶어만 두는 자전거 콧바람 쐬어주면 오히려 고맙지, 하는 마음에 **기꺼이** 응한다.

이처럼 **기꺼이**는 칼칼한 하루에 꿀물 한 잔처럼 다디단 말이다. 이왕이면 경쾌한 목소리로 발음해야 그 맛이 살아나고, 거기에 몸짓까지 더하면 비단에 꽃수를 더하는 격이다. 투명 쟁반을 받쳐든 듯 두 손바닥을 하늘 향해 펼치고, 어깨는 들썩, 두 눈은 찡긋, 입꼬리는 한껏 올리며 '**기꺼이**!'라고 외치면 너나없이 기쁨에 겨워 기꺼워진다.

기어이 품은 기꺼이

영영 달 줄만 알았던 **기꺼이**인데 때로 어떤 안간힘, '기어이'가 스미기도 한다. 정도의 차이는 있으나 때로 **기꺼이**는 크고 작은 희생을 동반한다. 밥 한 번 거하게 살 테니 자서전을 대신 써달라거나 수일 내로 돌려줄 테니 기천 만원만 빌려달라는 무리한 부탁에 응하는 **기꺼이**는 뒷발을 끌 수밖에 없다. 그 부탁이 청을 넘어 간청에 이르고, 그 간청이 진정이라 여겨지면 쇠공 달린 사슬을 발목에 묶은 채 기어이 응하고 만다.

'기어기'가 스민 **기꺼이**의 흔적은 일상의 곳곳에 자욱하다. 팬데믹 상황에서 한국 공연을 강행하기로 한 해외 피아니스트의 소식을 전하는 '크리스티안 짐머만, 7일 자가 격리 **기꺼이** 감수'나 우크라이나 전쟁의 처참한 단면을 비추는 '팔순 할머니도 **기꺼이** 총 들다' 등의 기사 제목에 등장하는 **기꺼이**에도 희생이 깃들어 있다.

은둔형 외톨이가 아닌 이상 어느 누가 자가 격리를 기쁘게 여기며, 저격수나 사격 선수도 아닐진대 노령의 민간인이 그저 기쁜 마음으로 기초 군사 훈련에 참여했으랴. 다만 이때의 **기꺼이**에는 이레의 고난을 달가이 받아들일 정도로 무대에 오르는 환희, 민방위가 되는 위험을 감수하더라도 나라를 지키려 이 한 몸 바치리라는 사명감이 크다는 의미일 테다.

이처럼 **기꺼이**와 비슷한 뜻의 '즐거이'나 '흐뭇이'를 대입하면 다소 앞뒤가 맞지 않는 문장을 마주할 때가 많다. 애초에 그 상황을 기쁘게 받아들이기보다는 이윽고 맞이할 더 큰 기쁨을 위해 어떠한 고난이나 수고를 마뜩이 받아들이는 **기꺼이**에는 그리하여 숭고한 기운마저 감돈다.

기원전 399년, 소크라테스는 신을 부정하고 젊은이를 현혹시킨다는 이유로 유죄를 선고 받는다. 벌금만 내면 풀려나는데도 그는 **기꺼이** 독배를 받아든다. 숱한 만류에도 '악법도 법'이라 외치며 아테네 시민을 일깨우려 **기꺼이** 목숨을 바친다. 고로 고대 그리스부터 2022년 현재까지 **기꺼이**가 치른 희생의 역사는 곧 인류의 역사라 할 만하지 않은가.

다만 **기꺼이** 감수하는 희생은 누군가의 강요나 외부의 압박에
떠밀린 마지못한 선택이 아니라 스스로 내켜서 하는 일이라는
점에서 달갑고 힘차다. 본디 검은 몸이었으나 붉은 온기를 전하
고 하얗게 사그라드는 참숯인 양 진정 원하는 바를 위해 제 한몸
불사르는 **기꺼이**는 쓴맛이 깃든 단맛, 달콤쌉싸름한 인생의 맛
이 난다.

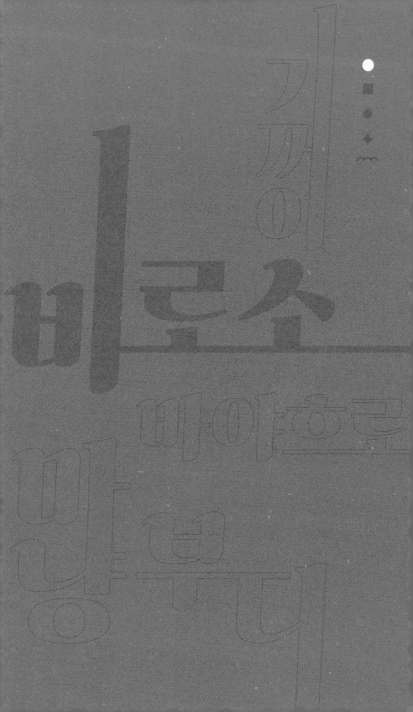

비로소

●

간절히
닿고 싶은
그 어딘가所

뜻 풀 이

어느 한 시점을 기준으로

그 전까지 이루어지지 아니하였던

사건이나 사태가 이루어지거나

변화하기 시작함을 나타내는 말.

닮 은 말

드디어 · 마침내

본 보 기

남편이 산에 가서 안 오면 기대했어요.

비로소 정상에 닿았을 것만 같아서.

비롯에서 비롯된 비로소

"**비로소** 우리가 만났군요!" 산길을 헤매다 겨우 도착한 어느 산방, 싸리비를 모로 쥔 방장은 그리 첫인사를 건넸다. 곱게 비질한 마당처럼 단정한 문장에 뒤엉킨 마음마저 스르르 풀어졌다. 하룻밤 묵을 거처로 가는 길, 방장이 건넨 **비로소**를 입안에서 굴려보았다.

분명 잘 아는 우리말인데 외따로 마주하니 영 낯설었다. **비로소**를 덧붙이면 흔한 일상의 풍경도 지리산 산세처럼 극적인 형상이 되누나, '드디어'가 아니라 **비로소**를 퍼올리는 말의 우물은 어찌 생겨났을까, 감탄하였다.

이처럼 만나지 못하던 이를 만나고, 이루지 못한 바를 이뤘을 때 **비로소 비로소**가 불려나온다. 다만 일상의 대화에서는 흔히 쓰지 않는 말이라 방장의 **비로소**가 유독 반가웠다. 변화의 시점에 쓰는 **비로소**는 대개 글말로 마주할 때가 많고, 입말로는 엇비슷한 뜻의 '드디어', '마침내', '이제야'를 자주 쓴다.

이 네 단어는 말맛이 비슷하면서 또 다르다. 말미암은 결과를 뜻하는 '드디어'는 **비로소**와 가장 겹치는 부분이 크다. 마침을 품은 '마침내'는 마지막이라는 시점이, '이때에 이르러서야'라는 본뜻의 줄임말 같은 '이제야' 또한 지금이라는 시점이 도드라진다. 보태어 '이제야'는 그 바람을 이룬 시점이 뒤늦었다는 점을 부각한다.

박찬욱 감독의 영화 '헤어질 결심'에서 중국인이라 한국말이 부족하다고 밝힌 조선족 출신의 여주인공 송서래(탕웨이)가 남편의 죽음 앞에 '마침내'라는 단어를 쓰는 장면이 인상깊었다. 왜 하필 그 단어를 골라 썼을지를 두고 골똘했다. 서래 같은 외국인이 맨 처음 한국어를 배운다면 일상에서 자주 쓰는 'Finally'의 뜻을 가진 우리말 부사로 'At last'라는 뜻의 **비로소**나 '드디어' 보다는 '마침내'를 배웠을 성 싶어 고개를 주억거렸다.

빌고 빌어서 비로소

비로소는 막연히 '빌다'에서 번져나간 말인 줄 알았다. 간절히 비는 마음으로 원하는 어느 곳(所)에 닿는다는 뜻을 담으려다 생겨난 말이려니 했다. **비로소**는 이전까지의 노력이 결실을 맺는 그 지점, 간절한 바람이 현실이 된 시점, 끝내 우리가 당도하고자 하는 그곳에 다다랐을 때 쓰는 말이기에 영 엉터리 예상은 아니리라 여겼다.

그날 산방 마당을 가로지를 때처럼 이 글을 쓰면서 종종 **비로소**를 웅얼거렸다. 한참을 되뇌다 보니 비르투오소(Virtuoso, 연주

실력이 뛰어난 명인)라는 생뚱한 이태리어나 비로자나불('믿는 자의 눈에만 보이는 광명의 부처'라는 뜻의 범어) 같은 도통 쓴 적 없던 단어가 연이어 떠올랐다. 하기야 예술의 거장이나 진리 의 선각자는 **비로소** 우리가 가 닿고 싶은 어느 경지, 지경, 지점 이니 영 연관성이 없지 않지 않은가.

실제 **비로소**는 '비롯하다'의 어근 '비롯'에서 비롯되었다. '처음 생기거나 시작한다'는 뜻에서 번진 말답게 대체로 희망찬 의미 의 서술어, '이룩하다 · 완성하다 · 도착하다 · 보이다 · 이해하 다'처럼 화자의 의지와 바람이 담긴 말과 어울린다. 그러므로 서 래처럼 '(남편이) 산에 가서 안 오면 걱정했어요. 마침내 죽을까 봐'라고 말하면 영 어색하다. '걱정했어요'를 '즐거웠어요'로 바 꾸거나 '마침내'를 '행여나'로 바꾸면 보다 자연스럽다.

바람을 이루었다는 기쁨은 **비로소**를 만나면 그 세기가 배가된 다. '열흘 만에 **비로소** 택배가 도착했군요'처럼 일상의 소소한 즐거움이나 자격증 취득, 시험 합격, 취업과 승진 등 각종 제도 나 관문을 통과하는 등의 큰 성취 모두 **비로소**와 합체하면 그 기 쁨이 극적으로 늘어난다.

처음 **비로소**의 뜻을 제대로 실감한 때는 막 중학생이 되어 김민 우의 〈사랑일 뿐야(작사 박주연 · 작곡 하광훈, 1990년)〉를 들 은 날이었다. 숱한 이별을 하고서 드디어 만난 인연 앞에 자신의 기나긴 외로움도 **비로소** 끝나리라고 예감하는 노랫말을 들으며

비로소의 서사성과 웅장미에 전율했다. 더불어 비로소의 '장소성'을 어렴풋이 느끼기도 했다.

비로소를 일상어로 끌어들이면 뻔하게 느끼던 일도 보다 아름답고 가치로워진다. 아침마다 떠오르는 새 해나 무사히 도착한 약속 장소 모두 우리가 닿고 싶었던 그곳이기에. '비롯하다'에서 비롯한 **비로소**처럼 어제, 저곳에서 비롯한 지금, 여기에 열심을 다하면 허투루 여길 순간은 한순간도 없다. 작은 **비로소**가 모여 큰 **비로소**가 되니 **비로소**는 귀한 모든 순간에 널리 쓸 만한 감미로운 말이다.

바야흐로

●

도도한
시간이
흘러
흘러

이제 한창. 또는 바로 지금.

금세 · 막

비로소 대한민국이

노벨문학상 수상 작가를 배출했다.

바야흐로 K문학의 시대가 열렸다.

바라던 그날로

겨울의 끝자락, 이윽고 따스해진 바람결을 느끼면 "봄이로구나!" 절로 탄성이 터져나온다. 머지않아 신문 한 귀퉁이에는 논둑에서 쑥 캐는 이의 사진이 등장하리라. '봄을 캐는 마음'이나 **바야흐로 봄**'이라는 뻔하고도 반가운 문장과 함께.

'바야'는 도통 모르겠으나 '흐로'는 '흘러 흘러'가 변한 말 같지만 **바야흐로**의 어원에는 '비로소'처럼 뜻밖의 단어가 자리한다. **바야흐로**는 '바라다'를 모태로 한다. '바라(는) 날'에 접사 '로'가 붙어 '바라날로'로 쓰다가 마침내 **바야흐로**가 되었다.

'바야날로'가 처음 기록물에 등장한, 세종의 명에 따라 수양대군이 소헌왕후의 명복을 빌기 위해 지었다는 《석보상절》이 발간된 때는 **바야흐로** 훈민정음의 시대였다. 이후 600여 년이 흐른 지금은 **바야흐로** 백세 시대, AI·VR·OTT 시대, 수소·전기차 시대, 만인 저자 시대이자 K콘텐츠 시대다.

바야흐로 만물이 소생하는 봄과 훈민정음 반포는 분명 온 백성이 '바라는 날'이었다. 하지만 영끌의 시대, 관종의 시대, 초고금리 시대, 위드 코로나 시대 앞에는 과연 **바야흐로**를 붙여도 좋을지 갸웃해진다. 21세기는 관심병이 창궐하는 무관심의 시대, 가공할 바이러스와 괄목할 수면 연장 기술이 공존하는 시대, 언어 과잉과 공감 불능이 맞서는 대혼돈의 시대, **바야흐로** '바라는 날'이라는 어원에서 멀찍이 멀어진 시대이기도 하므로.

첨단도 예리한데 그보다 더한 최첨단 구축함은 뭐고, 고도도 어지러운 판에 초고도 미사일은 다 무슨 소린지. 낯선 용어와 해괴한 유행이 난무하니 때로 이놈의 세상이 도통 어떻게 돌아가는지 몰라 어지럼증을 느낀다. 그러한 때 인터넷 검색창에 **바야흐로**를 처넣으면 멀미가 가라앉기도 한다.

바야흐로는 쭉 지속되다가 절정을 이룬 때, 그 기운이 앞으로도 계속해서 이어질 만한 개연성을 띄는 때 쓴다. 현재까지의 완결성에 미래로의 지속성이 가미된 말, 과거에서 현재를 거쳐 미래까지의 너른 시간대, 소위 한 시대를 시간 범위로 삼기도 한다. 하니 **바야흐로**에 주목하면 그 시대가 보인다.

절정의 당도로

음절 수가 같고 모음 구성이 비슷해서인지 **바야흐로**를 마주하면 '시나브로'가 떠오른다. 마침 '시나브로'가 품은 뜻도 **바야흐로**와 잇닿는 데가 있다. '시나브로'는 '모르는 사이 조금씩', **바야흐로**는 '이제 · 막 · 곧 · 한창'이라는 뜻이니 '시나브로 겨울이 지나 **바야흐로** 봄이 되었다'고 할 만하다.

발넓은 **바야흐로**는 '비로소'의 뜻과도 이어진다. '비로소 대한민국이 노벨문학상 수상 작가를 배출했다. **바야흐로** K문학의 시대가 열렸다'처럼 간절히 바라던 무언가가 비로소 이루어진 다음 그 변화가 막 시작되거나 정점에 이르기도 한다. '비로소'와 **바야흐로**는 이토록 밀접한 말이다.

다만 '비로소'는 특정한 시점을, **바야흐로**는 시기, 시절, 시대 등 보다 광범위한 시간대를 수용한다. '비로소'의 찰나성에 연속성이 보태지고, 그 시간이 절정에 이르렀다는 의미까지 더해지면서 보다 너른 시간과 의미를 품는다.

시인 정끝별의 '와락'에서 시간의 범위를 넘어선 **바야흐로**를 마주했다.

[3, 4연]
헐거워지는 너의 팔 안에서
너로 가득 찬 나는 텅 빈,

허공을 키질하는
바야흐로 바람 한 자락

시인은 때때로 나락과 벼락 같은 너에게 와락 안기고 싶은 나는 충만한 공허를 느끼는 바람 한 자락이라 표현했다. 시간이 아니라 사람과 바람 앞에 놓인 **바야흐로**가 어찌 이리 자연스러운가.
말의 본뜻도 중요하지만 말을 뜻에만 가두기보다 그 경계선을
지우며 자유로이 노닐도록 숨을 불어 넣는 일의 가치와 자유를
좋은 시 한 수에서 거듭 배웠다.

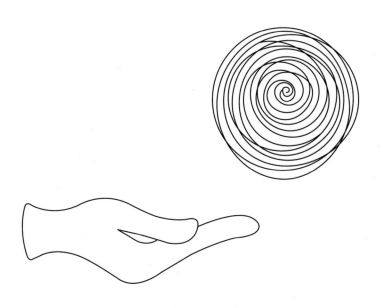

마냥

마지막까지
그냥

뜻 풀 이

언제까지나 줄곧.

부족함이 없이 실컷.

보통의 정도를 넘어 몹시.

닮 은 말

내내 · 매양 · 늘

본 보 기

젊고 힘 있을 때 **마냥** 놀아야 하지만,

마냥 놀다 보면 거지꼴을 못 면한다.

모두의 마냥은 달라

마냥은 '실컷·몹시·줄곧' 등의 뜻을 가진 다의어(多義語)다. 다의어의 여러 뜻은 한 나무의 열매처럼 겉모습은 조금씩 달라도 속내는 닮았다. '실컷·몹시·줄곧'도 얼핏 보면 영 다른 말 같지만, 잘 헤아려려보면 그 뜻이 이어진다.

마냥은 한 가지 뜻만으로, 혹은 세 가지 뜻을 한데 뭉쳐 쓰기도 한다. '감나무 밑에 누워 마냥 홍시 떨어지기만 기다린다'는 속담에서의 마냥은 '줄곧'의 의미로 보인다. 기약 없는 홍시 낙하를 기다리는 일은 아무런 노력 없이 원하는 결실을 이루려는 상황이고, 기다리는 일은 또 시간의 문제이니 그에 적합한 뜻은 '줄곧'이 가장 알맞다.

"방학이라고 마냥 놀기만 할 거니?" 학창 시절, 한 계절 걸러 한 번씩 엄마에게 꼭 듣던 말이다. 글로 써 놓으니 짐짓 점잖기까지 한데, 실제로는 한탄과 타박과 채근이 뒤섞여 마냥 놀면서도 듣고 있기가 마냥 편치만은 않은 말이었다. 엄마의 문장에 등장하는 마냥은 '실컷·몹시·줄곧' 중 어떤 뜻을 대입해도 다 말이 되니 그 하중에 눌렸는지도 모르겠다.

안타깝게도 마냥은 그 일을 실행하는 이와 지켜보는 이의 기준이 달라 서로 분통을 터뜨리곤 한다. 방학 내내 놀아도 성에 차지 않는 십대의 마냥은 석 달 열흘로도 모자라고, 감나무 밑에 누운 자의 **마냥**은 한평생일지도 모르는데, 지켜보는 이에게는 두어 시간이나 이삼일도 **마냥**이다. 이처럼 **마냥**의 길이는 저마다 다르니. 어쩌면 불행히도 다행한 일인가.

마법에 걸린 그냥

'당신이 **마냥** 좋아요!지' 이토록 솔직한 고백문은 **마냥**의 참뜻을 제대로 써먹은 활용문이자 도대체 어디가 왜 그토록 좋은지 묻지도 따지지도 말라는 방어문이다. 눈에 콩깍지가 씌인 상황을 이보다 적확하게 표현할 문장이 또 있으랴. 그만큼 '당신이 **마냥** 싫어요!지'는 콩깍지가 떨어진 상황을 날카롭게 전한다는 점이 못내 씁쓸하지만.

마냥은 경계가 없는 말이다. **마냥**의 뜻 중 '싫어질 때까지'라는 뜻의 '실컷'과 무언가 더할 수 없는 수준의 '몹시'는 정도와 관련한 말이다. 그나마 '실컷'이나 '몹시'는 기준선과 한계선이 있는데, '줄곧'은 진정코 끝 간 데를 모른다. '실컷'과 '몹시'가 '줄곧'을 만났으니 제아무리 유능한 측량 기술자라 한들 그 너비를 헤아릴까.

한편 **마냥**은 '매상(每常, 늘)', '매양(每樣, 항상 그 모양으로)',

'만양(晚樣, 천천히 하는 모양)' 등의 한자어에서 유래했고, '냥'은 앞선 한자어에 '매양'과 '만양'에 공통으로 나오는 '양(樣)'의 초성 자리에 'ㄴ'이 더해지면서 만들어졌다는 설이 유력하다. 하나같이 그럴싸하지만 이 모두 가설일 뿐이라 다른 탄생 설화를 만들어보았다.

우선 '냥'이라는 음절이 들어간 우리말 단어는 그리 많지 않은데 명사로는 '겨냥·깜냥·동냥·비아냥·사냥·성냥' 등이 있다. 겹치는 바가 없어 난처한 때, '그냥'이 떠올랐다. '그냥'은 '그 상태 그대로', 흔히 '아무 이유 없이'라는 뜻으로 쓰지만 '그냥 보고만 있을 거야?'라는 표현에서처럼 '줄곧'이라는 뜻으로도 쓴다. '저냥'도 '줄곧'의 뜻을 가졌고, **마냥**도 같은 뜻이다. 여기서 '그'나 '저'는 지시 대명사이니 '냥'이 뜻을 관장하는 핵심 음절일 테다.

그러니 '냥'은 '계속해서 이어지는 상태'를 이르는 말이 변형되어 현재에 이르렀고, **마냥**은 '마지막까지 그냥'의 줄임말이 아닐는지. 어쩌면 떠올리기만 해도 **마냥** 행복해지는 '마법에 걸린 그냥'일지 모른다고 하면 국립국어원에서 뭐라고 할까.

이왕 어수선해진 마당이니 **마냥**의 동음이의어를 소개하며 이 글을 끝맺으려 한다. 장기하의 노래 〈싸구려커피(작사·작곡 장기하, 2008년)〉의 중간쯤, 이건 뭐 랩이라기보다는 읊조림에 가까운 대목의 첫 문장이다.

뭐 한 몇 년간 세숫대야에 고여 있는 물 **마냥**

그냥 완전히 썩어가지고 이거는 뭐 감각이 없어.

이 글에서 주로 다룬 **마냥**과 위 노랫말에 등장하는 **마냥**을 넣어
만든 문장으로 정답을 대신하려 한다.

'베짱이**마냥 마냥** 놀다 보면 파가니니 될 줄 그 누가 알리오!'

부디

●

오,
신
이
시
여

뜻 풀 이

'바라건대', '꼭,' '아무쪼록'의 뜻으로,

남에게 청하거나 부탁할 때

바라는 마음이 간절함을 나타내는 말.

닮 은 말

제발 · 모쪼록 · 꼭

본 보 기

부디 잊지 마시오.

부디 나와의 좋은 추억 영영 간직하길.

부디 잊고 사시오.

부디 나보다 좋은 사람 만나 행복하길.

기도의 첫 숨

하루에도 수십 번씩 '제발'을 되뇌인 때가 있다. '제발 우리 메이 좀 낫게 해주세요. 제발!' 18년을 함께한 반려묘의 건강이 급속히 나빠진 때였다. 서너 달 동안 녀석을 간병하면서 더는 인력으로 어찌할 수 없다는 사실을 받아들이자 절로 두 손이 모아졌다. 노력을 다한 다음 사람이 할 일은 기도뿐이었다.

간절한 바람은 이루어지지 않았고, 결국 녀석을 안락사시켰다. 서울살이 내내 함께한 유일한 가족이던 메이의 빈자리를 눈물로 메우다 무기력증과 우울증을 앓았다. 그로부터 두 해가 흐른 지금, 언젠가부터 녀석의 사진을 볼 때면 **부디**를 읊조린다. '**부디** 그곳에서는 아프지 않길. 무지개다리 앞에서 꼭 다시 만나길.' 메이가 생사를 달리하면서 기도의 첫머리도 달라졌다.

바람을 담는다는 점에서 '제발'과 **부디**는 꽤 비슷하다. '제발'은 '간절히 바라건대'의 뜻이고 **부디**는 '바라건대 · 꼭 · 아무쪼록'의 뜻이니 뜻만 보면 거의 같은 말이라 해도 무방하다. 다만 그 바람을 비는 내용과 대상에서 미묘한 차이가 난다.

'제발'은 눈에 보이는 대상의 구체화된 행동이나 상황의 변화를, **부디**는 눈에 보이지 않는 대상의 추상화된 행동이나 상황의 변화를 기원하는 데 어울린다. 또 '제발'이 화자만의 의지를 담은 예가 많다면 **부디**는 화자와 청자의 바람이 모두 동일한 상황에 두루 쓴다.

식탁머리에서 반찬 투정하다 저녁밥을 반도 먹지 않고 장난감 가지러 가는 아이에게 부모는 "제발 자리에 앉으렴, 제발 한 숟 갈만 더 먹자"라며 다그친다. 마침 창밖에서도 간절한 외침이 들려온다. 비 내리는 골목, 이제 그만 만나자고 통보한 여자에게 울음을 삼키던 남자가 토하듯 외친다. "이렇게 헤어질 순 없어! 난 너 없이 못 살아! 제발 날 떠나지 마!"

간절히 바라옵건대

부디의 날숨은 하늘이나 땅을 향해 사선으로 나갈 때가 많다. 나무는 우러르고 풀은 엎디어서 보듯, 기도의 자세 또한 그러하니. 보이지는 않지만 분명 어딘가에 존재할 신에게 도와달라고 기도할 때, 신을 부르는 자리에 **부디**가 불려나온다.

또 입말로는 '제발'을 쓸 텐데 같은 상황에서도 글로 전할 때는 **부디**를 쓰곤 한다. '제발'이라고 쓰면 어쩐지 비굴하거나 매달리는 인상을 주기도 하는데, **부디**라고 하면 보다 완곡하고 운치마저 흐른다. 예전만 못해도 요즘에도 마지막 인사를 전할 때 **부디**를 종종 쓴다. '다시 만날 그날까지 **부디** 건강하기를, 행복하기

를, 안녕하기를.'

너무나도 사랑하는 이와 끝내 헤어져야 하는 상황에서 그 마음을 유려하고 예의 바르게 전하는 김광진의 〈편지(작사 허승경 · 작곡 김광진, 2000년)〉에도 **부디**가 등장한다. '여기까지가 끝인가 보오'로 시작하는 노래는 그 동안 헤어지지 않으려 했던 숱한 노력을 이제 더는 하지 않겠다는 각오로 이어지다 마침내 이리 끝맺는다. '그대, **부디** 잘 지내시오.'

이처럼 **부디**는 어떤 당부를 전하는 글말에 많이 쓴다. '**부디** 돌아와, **부디** 잘 가라, **부디** 잊지 마라, **부디** 다 잊고 더 좋은 사람 만나라, **부디** 십리도 못 가 발병 나라, **부디** 발병일랑 나지 말고 천리 만리 멀리 가라' 한다. 공감과 체념이 널뛰지만 그 모두 진심이리라.

*'하지만 정히야, 이건 언제라도 조타. 네가 백발일 때도 조코 래일이래도 조타. 만일 네 '마음'이─ 흐리고 어리석은 마음이 아니라 네 별보다도 더 또렷하고 하늘보다도 더 높은 네 아름다운 마음이 행여 날 찻거든 혹시 그러한 날이 오거든 너는 **부디** 내게로 와다고─ 나는 진정 네가 조타.'* [원문 표기]

2014년 오감도 80주년 기념 행사 때 공개된 이상이 쓴 연서의 일부다. 이상이 연모하던 소설가 최정희에게 글로 전한 사랑은 솔직하고도 아름답다. 끝내 이루어지지 못할 사랑의 결말을 예감한 탓일까. **부디** 내게로 와 달라는 그 말이 참 절절하다.

부디는 인간의 노력으로 이룰 수 없는 일 앞에 불려나온다. 그일이 이루어지기를 간절히 바랄 때, 빌고 또 빌고 싶을 때 우리는 엎드려 신에게 기도한다. 기꺼이 희생하여 비로소 이룬 일이 바야흐로 정점을 맞아 마냥 행복한 시절이 앞으로도 계속 이어지길 바라며 끝내 또 다른 기꺼이, 비로소, 바야흐로, 마냥으로 이어지길 바라는 마음을 담아 되뇌인다. '**부디, 부디**….'

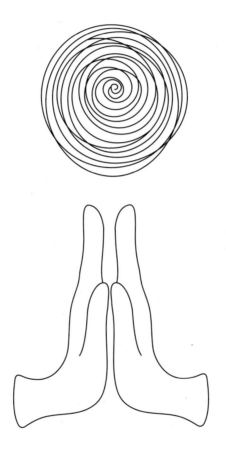

2장
짠맛의 부사

삶의 비애가 배어 눈물어린 부사

●

■

✳

✦

〰

어이

이토록

오롯이

애달피

아스라이

어이

■

응어리진
눈물이

'어찌'를 예스럽게 이르는 말.

왜 · 어째서

본보기

어이, 친구여!

어이 그리

어이없는 소리를

하나그려.

가지가지 어이

'아이', '아우', '오이'처럼 **어이**도 단모음으로만 이루어진 단어다. '아이', '아우', '오이'가 똑 떨어지는 간명한 뜻의 명사인 데 비해 두서없이 **어이** 두 글자만 내보인다면 보는 사람마다 다른 뜻을 떠올릴 만큼 **어이**는 품사까지 다른 동음이의어가 많은 말이다.

무턱대고 검색창에 **어이**를 쳐 넣으면 영화 〈베테랑〉의 그 유명한 대사 '어이가 없네'의 그 '어이'의 검색 결과가 가장 먼저, 가장 많이 나온다. '엄청나게 큰 사물이나 사람'을 가르키며 어처구니와 같은 뜻의 명사 '어이'는 실제 일상에서 자주 쓰는 말이기도 하다. 이때의 '어이'는 있어야 할 때마다 감쪽같이 사라져 뭇사람의 넋을 앗곤 한다.

호칭을 대신하는 감탄사 '어이'도 일상에서 흔히 쓴다. 친구나 동생을 '어이' 하고 뒤끝을 길게 빼어 부르면 친근한 기운이 더해진다. 다만 불량한 불한당이 선량한 시민을 부를 때의 '어이'의 기운은 사뭇 불길하다. 초면의 누군가 '어이' 하고 불러 세운다면 대개 '너 지금 나 쳤냐?'와 같은 곱지 못한 명대사가 뒤따르기 십상이니 줄행랑이 제격이다.

또 다른 뜻의 감탄사 '어이'는 '어이구', '어유'와 같은 뜻으로 격앙된 감정을 담뿍 담을수록 그 맛이 살아난다. 마치 한숨을 쉬듯

날숨에 힘을 주어 발음하면 가타부타 설명하지 않아도 현재의 감정이나 상태가 잘 전달된다. 특히 너무 아프거나 힘들 때 추임새로 활용하면 상대의 인류애와 동정심을 자극하는 데 특효다.

이 글에서 다루려는 **어이**는 '어찌'와 같은 뜻이나 발음이 보다 부드럽고 예스러운 기운을 가진 부사다. '어찌'는 쌍자음의 된소리가 두드러지는 데 비해 울림소리로 끝나는 **어이**는 여운이 길다. '그는 어찌 그랬을까'의 '어찌'는 '왜'와 같은 의미로 의아함이 짙고, '그는 **어이** 그랬을까'의 **어이**에는 그리할 수밖에 없었던 사연에 동감하려는 의지와 일말의 연민마저 느껴진다.

두 줄기 눈물이

어이는 옛 시조부터 요즘 노랫말에까지 두루 등장한다. 특히 옛 시조에 자주 등장하는 **어이**는 눈물 두 방울로 보일 만큼 애달픈 마음이 고스란하고 애처로 기운이 가득하다. 문장가로 알려진 조선 중기의 문인, 임제가 평양 기생 한우와 주고받은 시조에서도 **어이**는 제 역할을 톡톡히 한다. 먼저 임제가 한우에게 띄운 시다.

북천(北天)이 맑다커늘 우장 없이 길을 나서니

산에는 눈이 오고 들에는 찬비 온다

오늘은 찬비 맞았으니 얼어 잘까 하노라

이에 한우가 화답한다.

어이 얼어 자리 무슨 일로 얼어 자리

원앙침 비취금 어디 두고 얼어 자리

오늘은 찬비 맞았으니 녹아 잘까 하노라

임제가 '한우(寒雨)'라는 이름에 빗대어 찬비 맞았으니 얼어 자겠다고 하자, 한우는 같은 상황을 두고 찬비 맞았으니 원앙 베개와 비취 이불이 깔린 좋은 잠자리에서 따뜻히 잠들라 답하며 그의 마음을 받아들인다. 이리 문학적 소양과 시작 수준이 엇비슷해 문우(文友)이기도 했을 연인은 양반과 기생이라는 신분 차이를 극복하지 못한 채 결국 이별하고 만다.

이러한 사연을 알고 두 사람의 시를 다시 보면 그 간절한 마음이 엿보여 애처롭다. 여러 시어 중에서 둘의 사랑을 담은 한 단어를 고르라 하면 마음만으로 어쩌지 못하는 장벽 앞에 응어리진 눈물을 닮은 두 음절, **어이**를 택하겠다.

돌아서 눈 감으면 잊을까
정든 님 떠나가면 어이해
발길에 부딪히는 사랑의 추억
두 눈에 맺혀지는 눈물이여

1980년대를 대표하는 대중가요 명곡, 김현식의 〈사랑했어요(작사 · 작곡 김현식, 1984년)〉는 사랑에 빠졌을 때는 정작 그 감정이 무엇인 줄 모르다가 헤어지고 나서야 그 감정이 진실한 사랑이었음을 깨달은 화자의 처절한 후일담이다.

그러고 보면 수많은 연가는 온 마음 다 바친 사랑이기에 눈을 감아도 떠오르는 추억에 발버둥치는 한맺힌 **어이**의 노래다. 영영 달콤할 줄 알았던 사랑은 그 사랑의 깊이만큼 애달프고 서글프고 고달프니 두 줄기 눈물을 담은 **어이**가 마를 날이 있으랴.

이
토
록

■

이슬을
토하도록

이러한 정도로까지.

이다지 · 이리도

이토록 우리 지난 사랑이 깊은 줄,

이다지도 깊은 줄 난 정말 몰랐어라.

토로로 이어지도록

그토록 그리울 줄 몰랐다. 첫눈에 혹했던 얼굴이 어느새 꼴도 보기 싫은 낯반대기가 될 줄 몰랐듯. 오랜 연인과 지긋지긋하게 싸우다 대차게 헤어질 땐 정녕 시원했다. '다시 너를 만나면 내가 게다' 큰소리치며 둘이 석달 치 용돈 털어 맞춘 반지 내던지고 지갑 속 커플 사진 박박 찢어버릴 때는 상거지 때 민 듯 후련하기까지 했다.

사나흘까지는 아무렇지도 않고 열흘까지도 끄떡없었다. 한데 무슨 일인지 보름 가고 달포 지나니 딴마음이 들었다. 만난 시간이 얼만데 그 정이 단박에 떨어질까, 미운 정 아니면 미련이겠지, 하며 애써 외면했지만 후회를 태운 그리움은 밀물인 양 아침저녁으로 밀려왔다. 아침마다 밥상을 물리고 저녁마다 이불을 차댔다. 벽을 아무리 차도 그리움은 무너지지 않았다.

축 처진 어깨를 두드리며 노래방이나 가자던 친구의 선곡은 그날따라 주옥같았다. 마치 제가 이별이라도 한 양 구성진 노래를 걸쭉하게 부르던 친구가 급기야 깊은 상처에 꽃소금 뿌리려 고른 노래는 임희숙의 〈진정 난 몰랐네(작사 김중순·작곡 김희갑, 1969년〉. '진정 네가 내일 조간 사회면에 나오고 싶으냐' 새된 소리를 질렀지만 울고 싶던 차에 고맙기도 했다.

그토록 사랑했던 그 사람 잃어버리고

타오르는 내 마음만 흐느껴 우네

그토록 믿어왔던 그 사람 돌아설 줄이야

예전에는 몰랐었네 진정 난 몰랐었네

이토록 그를 사랑했는지, 이다지도 그 사랑이 깊은 줄 나도 정말이지 몰랐다고 그간의 심정을 친구에게 토로(吐露, 여기서 '로'는 '이슬'이 아닌 '드러나다'라는 뜻)했다. 진정 눈코입으로 이슬을 토했다.

깨달음만큼 깊으리

이토록은 '이렇게까지', '그토록'은 '그렇게까지', '저토록'은 '저렇게까지'의 뜻이다. '이다지'와 '이리도'는 **이토록**과 같은 뜻이다. '그다지 · 저다지', '그리도 · 저리도'도 첫 음절의 지시 대명사 따라 그러저러하게 달라진다. '이다지'에 '도'가 붙은 '이다지도'는 '이다지'의 강조어로 역시 뜻은 같다.

특이하게도 비교적 자주 쓰는 '그다지'는 유달리 부정의 서술어를 동반할 때가 많다. '그다지' 춥지 않고, '그다지' 작지 않고,

'그다지' 내키지 않는다고 말한다. '그닥'으로 줄이면서까지 자주 쓴다. 이때의 '그다지'는 '그렇게까지'라는 원래 뜻보다는 '그렇게까지 많이'의 의미로 쓰인다. 도통 마음에 차지 않을 때가 많아서인지 '그다지'는 그다지도 많이 불려다닌다.

하여간 **이토록**, '이다지', '이리도' 이 세 단어만 놓고 보면 **이토록**의 말맛이 유독 절절하다는 사실을 깨닫는다. 세 단어 모두 '이'라는 지시 대명사로 시작하니 뒤따르는 두 음절이 맛 차이를 만들 테다. **이토록**의 두 번째 음절 '토'는 거센소리 'ㅌ'을 모음 'ㅗ'가 밀어올리는 형상이고, '록'은 또 혀뿌리가 목구멍을 막는 모양을 본떠 만든 자음 'ㄱ'이 울림소리 'ㄹ'을 모음 'ㅗ'가 밀어올리는 데 힘을 보탠다.

이러하니 폐부에서 끓어오른 심중을 대변하듯 깊은 감탄을 표현할 때 **이토록**을 앞세울 만하다. 까무룩 잠이 든 채 배냇짓을 하는 손주, 나를 닮은 딸아이를 꼭 닮은 갓난 딸아이를 안아올리면 목구멍 가득 **이토록**이 들어차 말문이 막힌다.

몰랐던 무언가를 뒤늦게 자각할 때도 **이토록**이 딱이다. 그때는 전혀 몰랐는데 지금은 또렷히 아는 진실, 그리울 줄 몰랐는데 그립거나 그리울 줄 알긴 알았는데 그 정도가 이 정도일 줄은 몰랐을 때 모름과 깨달음의 간극은 다른 무엇도 아닌 **이토록**만이 메울 수 있다.

그 깨달음의 깊이만큼 후회와 한탄 또한 깊다. 깨닫기 전에는 그

크기를 가늠하지 못했던 진실에 가슴께가 답답해지면 **이토록**이 기도를 따라 되오른다. 그 진실과 그 진실을 외면한 자신의 어리석음이 얼마나 크고 깊은지 처절하게 깨달으며 끝끝내 **이토록**을 토해낸다.

오롯이

■

온전하여
고독하니

고요하고 쓸쓸하게.

적막이 · 호젓이

오롯이 살아가려 하니

오롯이 외로울 수밖에.

오롯한 오롯이

고백하건대 기자 생활을 시작한 다음에야 '오롯하다'라는 단어를 알았다. 베테랑 선배 기자가 어느 음악가를 묘사한 문장에서 처음 그 단어를 보았다. '오롯하다'라는 오묘한 발음조차 낯설었다. 선배는 귀에 선 단어의 뜻을 묻는 후배에게 친절히 '오롯하다'의 뜻풀이가 적힌 사전의 장을 펼쳐서 보여 주었다.

'모자람이 없이 온전하다.' 단어의 모양만큼이나 뜻 또한 멋졌다. '올곧다(바르고 곧다는 뜻)'만큼이나 아름다운 말이 존재한다는 사실에 괜히 설레었다. 평생 지휘만 해온 이름 없는 교향악단의 지휘자이자 마지막 연주회를 앞둔 음악가에게 바치는 헌사에 '오롯이'만큼 적당한 말은 없는 듯했다. 오래 기억해야 할 우리말을 가려 담는 나만의 단어장에 '오롯하다'를 옮겨 적으며 그 뜻을 곱씹었다.

지난해 여름, 제주의 한갓진 마을에서 다시 **오롯이**를 마주했다. 사나흘 머무는 동안 동행과 해변가 모래밭에 앉아 하염없이 별을 헤아리곤 했다. 도시에서는 도통 안 보이던 별이 바닷가 하늘에는 모래알만큼 수많았다. 함께 그 별을 올려다보던 중, 동행이 문득 혼잣말을 했다. '별이 참 **오롯이** 떠 있네.'

별이야말로 '모자람 없이 온전한' 존재이니 그 표현이 어울린다 여겼는데, 동행의 얼굴에는 어쩐지 슬픈 기운이 서려 있었다. 무슨 뜻으로 한 말인지 되물으니, 한 하늘에 떠 있으나 별과 별 사이 거리는 도무지 가늠하기 어렵도록 먼 모습이 어딘가 쓸쓸하고 애처로워 **오롯이**라는 단어를 떠올렸다고 했다.

실제 '오롯하다'에서 번져나와 '모자람이 없이 온전하게'라는 뜻을 가진 '오롯이' 말고 '고요하고 쓸쓸하게'라는 뜻을 가진, 모태가 되는 형용사 없이 오로지 부사로만 존재하는 **오롯이**가 따로 있다. 처음 '오롯하다'를 알게 한 선배처럼 동행에게 그리 또 우리말을 새로 배웠다.

고독한 오롯이

앞선 '오롯이'는 '온전히'와 닮은 말이고, 뒤선 **오롯이**는 '쓸쓸히'와 닮은 말이다. 같은 음을 가진 **오롯이**는 비록 뜻은 달라도 어딘지 서로 잇닿는 듯한데, 한 연으로 이루어진 시인 문정희의 〈쓸쓸〉이라는 시는 그 사실을 적절히 일깨운다.

[7~9행]
우적우적 혼자 밥을 먹을 때에도
식어버린 커피를 괜히 홀짝거릴 때에도

이 시에 등장하는 **오롯이**는 '모자람이 없이 온전하게'나 '고요
하게 쓸쓸하게' 중 어느 뜻으로 해석해도 문제가 없다. 목구멍으
로 넘어갈 때는 '슬슬'이라도 되면 좋을 텐데 '쓸쓸' 그대로이고,
'쓸쓸'은 분명 목구멍으로 넘어가는 순간에도 쓸쓸할 테니.

빈 종이에 **오롯이**라고 쓰고 한동안 바라보았다. 뜻도, 음도 그러
하지만 그 모양도 참으로 아름답지 않은가. 가운데 글자 '롯'은
외래어 표기법에서 자주 본 음절이라 그런지 **오롯이**는 분명 우
리말인데도 어쩐지 바다 건너 다른 나라 말같이도 보였다. 특히
'오'와 '이' 사이에 낀 '롯'의 시옷 받침은 꽤 듬직하면서 고고해
보였다.

'모든 희로애락은 고통에서 기인한다'는 뜻의 '생즉고 고즉생(生
卽苦 苦卽生)'을 절감할 때가 많다. 오로지 환희로만 가득한 기
쁨도 없고, 고통에도 기쁨이 깃들어 있기에 마냥 기쁘지만도, 마
냥 슬프지만도 않다. '기쁨과 슬픔을 함께한다'는 뜻의 동고동락
(同苦同樂)은 해서 '기쁨과 고통이 같은 말이다'라는 뜻으로도
볼 만하다.

모자람 없이 온전하여 스스로 '오롯이' 빛나는 존재는 분명 존엄
하고 아름답지만, 그리 되려 고독과 쓸쓸을 등짐처럼 짊어진 채
홀로 **오롯이** 떠돌기도 한다. 기쁨에 고통이 스며 살듯 온전에는

고독이 짙게 배는 법이니. 길 없는 검은 들판에서 오롯한 빛을
내는 별이 **오롯이** 그러하듯.

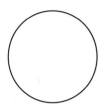

애
달
피

■

애처로이
매달린
피

뜻 풀 이

마음이 안타깝거나 쓰라리게.

애처롭고 쓸쓸하게.

닮 은 말

구슬피·서글피

본 보 기

애달피 들리는 푸른 새소리에

구슬피 답하는 서러운 나그네.

애가 끓고 끓어지니

이태 전 봄, 모슬포에 머물던 때였다. 나른히 기지개를 켜고 아침 산책에 나섰다. 언제나처럼 정처없이 걷다가 마을 어귀를 지나 바닷가로 향했다. 전국에서 알아주는 바람 센 동네인데 그날 따라 바람이 하도 잔잔해 바다도 거울처럼 평온하였다. 유채꽃 향기에 온 마음이 노랗게 밝아지는 틈, 어디선가 서러운 울음소리가 들려왔다.

'끄어어어억! 까아아아악! 아우아아악!' 연령도 성별도 예측할 수 없는 이의 소리였으나 그 소리에 담긴 처절한 기운에 이내 소리가 나는 쪽으로 발길을 돌렸다. 서럽디 서러운 비명 섞인 울음의 근원지는 낮은 돌담 아래였고, 그곳에는 모로 누운 새끼 고양이와 한눈에도 병색이 완연한 노묘가 나란했다.

노묘는 행인의 눈길과 발길 따위에 아랑곳하지 않고 하늘을 향해 목을 치켜들고 서럽게 울어댔다. 마치 보름밤의 늑대처럼 높고 긴 울음소리가 온 길에 서럽게 울려퍼졌다. 잠잠히 지켜보니 새끼 고양이가 움직이지 않았다.

이따금 노묘가 새끼에게 이마를 부비며 흔들어댔지만 어린 생명은 밀리는 대로 밀리다 이내 바닥으로 힘없이 스러졌다. 입가에 피가 고인 모습을 본 동네 어른은 '아이고, 쥐약 먹었나 보네' 하며 끌끌 혀를 찼다.

피지도 못한 채 시든 새끼 고양이의 모습도 애달팠지만 그 어미의 울음소리는 언제든 떠올리면 귓전에 맴돌 만큼 애끓는 소리였다. 죽은 새끼 앞의 어미는 깊고 애달픈 소리를 내며, 목이 아니라 내장 어딘가에서 시작된 울음을 울었다.

그 옛날 진나라에도 비슷한 일이 있었다. 촉을 정벌하려 양자강을 거슬러 오르던 길, 긴 항해가 지루했던 한 병사가 새끼 원숭이 한 마리를 잡아 배에 태웠다. 놀란 어미 원숭이가 뒤따랐지만 이미 배는 떠나고 그 모습을 본 병사가 새끼를 돌려주려 했으나 이미 배는 강 한가운데 다다른 뒤였다.

그렇게 한참을 지나 강폭이 좁아진 데까지 쫓아온 어미는 끝내 새끼를 구하려 배에 올랐지만 이미 지칠 대로 지쳐 죽어버렸다. 어미의 모습이 이상해 배를 가르니 창자가 다 끊어진 상태였고, 이 안타까운 사연은 모원단장(母猿斷腸)이라는 사자성어로 남았다. 예나 지금이나 **애달피**의 참뜻은 슬픔에 찬 어미들이 이리 전한다.

애쓰지 마라, 닮는다

어린 시절, 외가에 다녀올 때면 집으로 돌아가는 나의 뒷머리를 쓸며 외할머니도 **애달피** 울었다. 너무 서럽게 울면 어린 손주가 따라 울까 봐 꾹꾹 누른 울음을 울었다. 한참 길을 가다 혹여나 하고 뒤돌아보면 그 자리에 그대로 선 외할머니는 '이제 또 언제 보겠노'하며 소리 죽여 울었다.

애달피는 애간장이 닳는 아픔, 가슴을 에이는 슬픔에 제대로 터져나오지 못한 눈물이 목청 어딘가에 걸린 듯 시린 형상의 이름 같다. '구슬피 · 서글피'와는 또 다른 애달피는 칼로 도려내는 듯 에이는 아픔이 매달린 말이다.

애달피 지는 저 꽃잎처럼
속절없는 늦봄의 밤
언제 님 오시려나
나는 애만 태우네

아껴 듣는 노래 중 하나인 김윤아의 〈야상곡(작사 · 작곡 김윤아, 2004년)〉에서 **애달피**의 처연한 기운이 완연히 드러난다. 저 만치 떠나버린 님을 오롯이 기다리는 이의 심장에 흐르는 **애달피**. 한 계절이 다 가도록 오지 않는 님을 기다리고 또 기다리는 그 애달픈 마음은 지는 꽃잎에 깃들어 더 애처롭다.

그러고 보면 '창자'를 뜻하는 '애'가 들어간 말은 하나같이 서글프다. '애끊다 · 애끓다 · 애닳다 · 애태우다'까지 뭐 하나 편한 말이 없다. 내장이 끓고 닳고 타오르니 그 고통이 얼마나 크고 깊을까. 하니 **애달피**가 끊어진 내장 끝에 매달린 핏방울이라 한들 어찌 지나치다 할까.

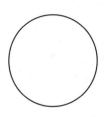

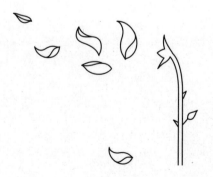

아스라이

■

별처럼
아득히

뜻 풀 이

보기에 아슬아슬할 만큼 높거나 까마득할 정도로 멀게.

기억이 분명하게 나지 않고 가물가물하게.

먼 곳에서 나는 소리가 분명하지 않고 희미하게.

닮 은 말

까마득히 · 아득히

본 보 기

칠흑 같은 밤, **아스라이** 먼 별 하나 빛나면

옛 기억 하나가 아스라한 별처럼 떠오르네

그리워 손 내미니

어린 시절, 옛집의 다락방에는 벽면마다 책이 그득했다. 그 책은 누구의 책도 아닌 모두의 책이었고, 날금거리는 손때와 윤기가 가득한 책에서는 묵은 누룽지 냄새가 났다. 셋째로 태어난 나는 단 한 번도 빳빳한 새 책을 가져본 적이 없었다.

중학교에 입학하던 해, 처음으로 새 책을 선물 받았다. 이모부가 광화문 교보문고에서 읽고 싶은 책을 고르라 했다. 《어린 왕자》와 《하늘과 바람과 별과 시》를 두고 고민하던 모습을 지켜보던 이모부는 거기에 《탈무드》까지 얹어 모조리 선물해 주었다. 새 책의 갓 구운 빵 냄새가 어찌나 좋은지 밤이면 코를 떼어 책갈피에 꽂아둔 채 잠들고 싶었다.

막 대학에 입학한 세기말에는 비로소 컴퓨터가 널리 보급되면서 과제도 한글 프로그램으로 작성해 출력물로 내야 했다. 처음 보는 프로그램이 낯설어 한 문장 쓰는 데 수분이 걸리니 과제물하나 완성하려면 학교 컴퓨터실에서 살다시피 해야 했다.

과제를 하는 중간중간 한글 타자 연습을 했다. 1분에 100자도 못 치다가 점점 속도가 붙어 나중에는 분당 700자까지 치는 고수가 되었다. 그 무렵 잊었던 윤동주와 재회했다. 타자 연습 프로그램을 열면 처음에는 문장을 따라서 치다가 조금씩 속도가 붙으면 시나 단편소설 같은 문학 작품을 따라 쳐야 했는데, 그때

'별 헤는 밤'을 다시 만났다.

*어머님, 나는 별 하나에 아름다운 말 한마디씩 불러봅니다. 소학교 때 책상을 같이 했던 아이들의 이름과, 佩, 鏡, 玉, 이런 이국 소녀들의 이름과, 벌써 아기 어머니 된 계집애들의 이름과, 가난한 이웃 사람들의 이름과, 비둘기, 강아지, 토끼, 노새, 노루, 프랑시스 잠, 라이너 마리아 릴케, 이런 시인의 이름을 불러 봅니다. 이네들은 너무나 멀리 있습니다. 별이 **아스라이** 멀듯이.*

분당 400자쯤 칠 때는 별 하나를 보며 아름다운 말 한 마디를 외는 시인의 순정이 참으로 맑아 보였고, 시인이 그리워한 이웃과 친구의 안부가 궁금했다. 분당 500자를 칠 때쯤, 비로소 **아스라이**가 눈에 들어왔다.

타자 치는 데만 몰두하다가 문득 시인의 그리움과 애달픔을 고스란히 느끼고서야 분주한 손을 거두었다. 밤하늘에 오롯이 뜬 별을 바라보다 문득 그리운 이름을 하나씩 아껴 부르는데 그중 누구도 곁에 없으며 다시 만날 기약도 없다는 사실을 새삼 깨달았을 시인의 마음이 아스라했다. **아스라이** 먼 별처럼 **아스라이** 먼 나날이 흐른 오랜 후에야 그 마음을 깨닫고 말았다.

닿을 수 없어

아스라이의 뜻풀이를 찬찬히 들여다보면 **아스라이**가 높이와 거리, 기억의 해상도, 또는 소리의 선명도와 관련된 말임을 안다. 높이와 거리는 멀고, 기억은 가물고, 소리는 아련하게 들릴 때 **아스라이**라 한다.

아스라이의 높이는 우주를 보듬어 안고, **아스라이**의 거리는 먼 과거와 미래까지 아우른다. 정한 수치는 없으나 하도 높고 하도 머니 **아스라이**는 기억이나 소리 등 선명해야 할 대상에 쓰일 때에는 희미하고 흐릿해진다.

어느 날, 저녁 산책을 하며 까마득히 높은 별을 바라보며 옛 기억 하나를 떠올렸다. 그날의 온도와 습도가 비슷한 어느 날, 저 별을 누군가와 함께 올려다본 적이 있는데 그게 언제인지, 누구와 함께였는지 도통 떠오르지 않았다. **아스라이**는 밤하늘의 별처럼 가물한 기억과 희미한 얼굴처럼 손에 잡히지 않는 말, 가닿고 싶으나 영영 닿을 수 없는 말이다.

아스라이 사라진 기억들
너무도 그리워 너무도 그리워

첫눈 오는 날이면 라디오에서 꼭 들려오는 노래, 이정석의 〈첫

눈이 온다구요〈작사 김정신 · 작곡 이정석, 1986년)〉라는 노래에 **아스라이**가 등장한다. 함박눈이 덮어버린 누군가의 소중한 흔적과 사연은 모두 아득히 먼 옛 추억, 너무도 붙잡고 싶은 기억이지만 **아스라이** 사라져버렸으니 어이 슬프지 않으랴.

모든 것은 변한다. 점점 멀어지는 과거 따라 기억은 갈수록 흐려진다. 그리운 대상은 하나둘 **아스라이** 먼 데 그대로 머무니 달무리에 윤곽선이 흐릿해진 보름달처럼 **아스라이**에는 이지러진 애처로움이 깃들어 산다.

3장
신맛의 부사

일상의 흐름을 바꾸는 청량한 부사

자칫

새삼

이따금

불현듯

사뭇

자칫

자칫

✳

평균대에서
삐끗한
순간

뜻 풀 이

어쩌다가 조금 어긋남을 나타날 때 쓰는 말.

비교적 조금.

닮 은 말

아차 · 까딱

본 보 기

자칫 잘못해서 삼천포로 빠질 뻔했다가

자칫 잘못해서 사천으로 빠지고 말았다.

자치기와 자칫

유년 시절, 유독 자치기를 좋아했다. "자치기 자치기 자차차!" 흥겨운 구호로 시작하는 자치기는 달랑 나무 막대(자) 두 개로 하는 친환경 놀이다. 긴 자로 땅에 판 작은 구멍 위에 올려둔 짧은 자를 쳐올려 멀리 쳐내는 놀이다.

얼핏 야구랑 진행 방식이 비슷한데 야구는 투수가 던진 공을 타자가 방망이로 치는 데 비해 자치기는 타자 스스로 타구 역할을 하는 짧은 자를 날아오르게 한다는 점에서 크게 다르다. 짧은 자를 원하는 지점까지 보내고, 이를 저지하려는 상대편과 겨루는 자치기는 엄청난 집중력과 순발력, 단합력과 협동심을 요하는 흥미진진한 융복합 놀이다.

학교가 파하면 약속이나 한 듯 동네 아이들은 마을 공터에 모여 놀았다. 그날도 자치기를 했고, 내 차례가 되어 있는 힘껏 자를 쳐올리고 멀리 날렸다. 한참을 날아오른 자는 하필 굼뜨기로 소문난 두호를 향해 날아갔다. 어디로 피할지 갈팡질팡하던 두호는 미처 자를 피하지 못했고, 이내 두 손으로 한쪽 눈을 감싸며 쓰러졌다. 다들 얼음처럼 제자리에 선 채 굳어버렸고, 두호만이 한자리에서 날뛰다 어디론가 사라져버렸다.

금방이라도 무서운 인상의 두호 아버지가 세상에서 제일 큰 자를 들고 나타날 것만 같았다. "두호 눈알에 맞은 거 아이가? 그

라믄 피가 났겠지! 만다꼬 글로 쳤노? 누가 이래 될 줄 알았나!
두호 집에 가봐야 안 되나? 가믄 우리 다 맞아 죽는다!"

어느덧 해가 뉘엿뉘엿 지는데 쉽사리 집으로 가지도, 다시 놀지
도 못하고 있는데 저 멀리 아버지의 긴 그림자를 밟으며 뒤따르
는 두호가 보였다. 두호의 한쪽 눈두덩이가 벌에 쏘인 듯 퉁퉁
부은 게 멀리서도 보였다. 다들 죄인처럼 두 손을 곱게 모으고
고개를 모로 튼 채 발끝만 쳐다보는데 두호 아버지가 나직이 타
일렀다.

"야들아. 노는 건 좋은데 저래 뾰족한 작대기 갖고 놀면 안 된대
이. **자칫** 눈에 잘못 맞으면 영영 자치기 못한다 아이가."

목수였던 두호 아버지는 양끝을 잘 다듬은 나무 막대 두 개를 툭
던지고 돌아섰다. 우리는 그렇게 자치기를 하며 **자칫**의 뜻과 힘
을 실감했다.

뜻깊은 헛발질

말맛 중에서도 신맛에 어울리는 말을 어찌 규정할지 망설였다.
국어사전에 나오는 신맛의 의미는 '식초와 같은 맛', 한마디로
시큼한 산미(酸味)다. 보기만 해도 절로 침이 고이고 한쪽 눈이

감기는 맛, 설익은 자두나 살구를 한 입 베어물었을 때의 톡 쏘는 맛이다.

음식의 신맛에서 착안해 신맛 나는 부사는 일상의 흐름을 바꾸는 신선한 말로 골랐다. 정반대까지는 아니더라도 이전과 다른 차원으로 이끄는 변곡점의 말, 그중에서도 당장에는 몰라도 결국은 더 나은 쪽으로 이끄는 향상성의 말을 눈여겨보았다.

신맛 나는 부사 중 제일 처음 떠오른 단어가 바로 **자칫**이다. 어쩌다가 상황이나 생각이 조금 어긋나거나 잘못되었을 때 쓰는 **자칫**은 애초에 예상하거나 기대한 바가 틀어졌기에 다소 위태로워 보이기도 하지만 같은 이유로 아찔한 긴장을 일으킨다.

자칫은 잘못될 때도 쓰고, 잘못될 뻔했을 때도 쓴다. 돌부리에 걸려 자빠졌을 때도, 돌부리에 걸려 자빠질 뻔했지만 다행히 자빠지지 않았을 때도 쓴다. 후자의 의미로 쓴 **자칫**은 의존명사 '뻔'과 잇닿는다. '어떤 일이 **자칫** 일어날 수 있었으나 그렇지 아니 하였다'라는 '뻔'의 뜻풀이에는 아예 **자칫**이 등장한다.

자칫을 그림으로 표현하면 체조 선수가 평균대에서 한 발 삐끗하면서 일순 중심을 잃고 양팔을 공중에서 휘저으며 한쪽으로 기울어지는 장면이 어울린다. **자칫** 평균대에서 떨어질 뻔했던 선수는 이내 균형을 되찾을 수도, 헛발질에 헛손질을 해대다 평균대 아래로 떨어질 수도 있다.

그 결과가 어찌되었든 **자칫**은 더 큰 위기를 막는 데 도움을 주고, 혹 그 위기가 닥치더라도 어찌 대처할지 가늠케 한다. 어떤 지점에서 삐끗하기 쉬운지 알기에 보다 조심하고, 행여 삐끗하더라도 처음부터 다시 시작하면 된다는 사실을 알기에 보다 편한 마음으로 평균대에 오른다.

사고의 환기, 상황의 변화를 이끄는 **자칫**은 현재 상황에는 별다른 문제가 없으나 행여 방심하면 어찌되는지 알리는 맛보기이자 경고음이다. 평온한 일상을 이어가려면 무엇에 유념해야 하는지 일깨우는 따끔한 예방 주사이자 흐트러진 정신 바짝 차리게 하는 죽비다.

새
삼

✴

잠잠한
마음을
새로이

뜻 풀 이

이전의 느낌이나 감정이 다시금 새롭게.

하지 않던 일을 새로 하여

갑작스러운 느낌이 들게.

닮 은 말

새로·느닷없이

본 보 기

봄이 돌아왔음을 **새삼** 깨달으며

새삼 내 나이가 몇인가 헤아린다.

있는데 잊는대

계절은 스파이 같다. 기척도 없이 등뒤까지 다가와서는 "왁!" 하고 놀래킨다. 꼬리 긴 겨울은 어데 가고 어느새 온 천지에 봄이 두둥실 떠오른다. 봄내음을 채 만끽하기도 전에 햇살에 바늘을 숨긴 여름이 급습하고, 하늘과 땅이 서로 멀어진 사이로 가을이 들어차는가 싶더니 이내 칼을 숨긴 바람이 얇은 옷자락을 뒤척이는 겨울이 온다. 이미 와 있는 계절인데 언제나 한 발 늦게 **새삼** 깨닫는다.

스리슬쩍 찾아오는 계절처럼 나이도 시나브로 옆구리에 딱 붙어 있다. 앞자리 수가 세 번 바뀐 후로는 나이를 잊고 살 때가 많다. 대놓고 "몇 년 생이에요?"라거나 에둘러 "무슨 띠예요? 몇 학번인가요?"라고 물어오는 이가 드무니 어떤 때는 앞자리, 뒷자리 다 잊고 올해 스물둘인가, 셋인가 허튼 생각을 한다.

그래놓고는 계단에서 접지른 발목이 보름째 낫지 않아 끙끙 앓다가 끝내 정형외과 의사에게 평발이 진행 중이라는 비보를 듣고는 완연한 중년이라는 사실에 한숨이 깊어진다. 발목이 나을 라치면 급성 결막염에 시달리고, 눈이 말끔해지면 부정맥이 찾아온다.

하기야 저리 한 계절도 쉬지 않고 재까닥 돌아오는데 대관절 무슨 수로 세월을 막으랴.

*이제 와 **새삼** 이 나이에*
실연의 달콤함이야 있겠냐만은

최백호의 〈낭만에 대하여(작사·작곡 최백호, 1994년)〉를 한숨
사이로 터뜨릴 밖에.

풀죽은 채 집으로 돌아오는 길, 지하철에서 자리를 양보하고 섰
는데 괜스레 미안해진 할머니가 슬그머니 "젊어서 좋겠수. 내가
그 나이면 하고 싶은 거 다 할 텐데." 시샘 없이 부러워하면 나
아직 한창때지, **새삼** 깨닫는다.

이처럼 **새삼**은 잊었던 무언가를 슬쩍 들추는 말이다. 버젓이 존
재하는데 잊은 채 살아가는 무언가에 입김을 불어 옅은 먼지 더
께를 후 불어 날린 후 말끔해진 그것을 두 손에 고이 올려주고
바라보게 하는 말이다.

새삼과 새삼

시옷 초성을 두 개나 가진 **새삼**을 발음하면 신맛에 침이 고일 때
처럼 쇳소리가 난다. 말맛 또한 신맛에 잘 어울린다. 잊힌 것을
다시금 떠올리게 하고 이미 알던 것을 새로이 보게 하는 **새삼**에

서는 신선한 아침 공기의 냄새가 난다.

새삼이 전하는 새로움은 전에 없던 새로움이 아니라 '다시금 새로움'이다. 아무런 수식이 없는 새로움은 이전에 몰랐던 바를 처음 알거나 느끼는 일이지만 '다시금 새로움'은 이전에 알거나 느꼈지만 영 잊고 살다가 어떤 계기로 전혀 몰랐던 듯 새롭게 맞이하는 일이다.

새삼과 닮은 말 '새로'와는 이 지점에서 명확히 구별된다. 흔히 쓰는 '**새삼** 고맙다', '**새삼** 그립다'라는 말은 이전에도 줄곧 고맙고 그리웠지만 어떤 계기로 그 고마움과 그리움을 다시 일깨웠다는 뜻이다. 이때의 **새삼**을 '새로'로 대체하면 영 어색하다.

한편 '다시금 새롭게'라는 뜻말고 갑작스러운 상황에도 쓰는 **새삼**은 그래서 '느닷없이'로 대체되기도 한다. 상황의 변화보다 그 상황이 다소 맥락없다는 사실을 강조할 때는 그 자리에 '느닷없이'를 넣어도 말이 통한다. 다만 난데없어 보이는 인상을 주는 '느닷없이'보다는 **새삼**의 말맛이 보다 싱그럽다.

느닷없는 이야기를 좀 하자면, 몇 해 전 숲해설가 공부를 하면서 **새삼**이라는 식물을 처음 보았다. 이 글을 쓰면서 **새삼** 새삼이 떠올랐다. 새삼은 '새로 난 인삼'의 줄임말인가 했더니 메꽃과에 속하는 덩굴성 식물이었다. 새삼의 특이점은 다른 식물에 줄기를 감아 영양분을 빨아들이는 기생식물이라는 점이다.

기생식물 중에는 애초에 기주식물에 기대 살면서 스스로 광합성을 해 기주식물에 문제가 생겨도 어느 정도 생명을 유지하는 반(半) 기생이 많다. 그에 비해 완전 기생을 택한 새삼은 이파리마저 퇴화해 엽록소조차 없다. 게다가 영양분을 빨아들이기 시작하면 자신의 뿌리를 잘라내고 기주식물의 관다발에 가짜 뿌리를 박고 살아간다.

완벽한 기생을 위해 뿌리와 잎을 죄 없애버리는 새삼은 여러모로 새삼스러운 식물이다. 새삼이 기주식물에 기대어 살며 뿌리를 박듯 **새삼**은 이미 존재하나 잊혀진 것에 뿌리를 박는다. **새삼**의 역할은 잊었던 고마움과 그리움을 되새기게 하는 일이기에 그 일이 끝나면 새삼처럼 제 뿌리를 잘라내는 점도 닮았다. 다만 **새삼**은 제 뿌리를 버린 다음 그대로 사라진다는 점에서 보다 명예롭다.

새삼은 한 번으로 족하지, 계속 반복되면 '줄곧'이나 '내내'에게 자리를 내주어야 한다. 식초가 요리에 산미를 더하듯 **새삼**은 일상에 신선한 공기를 불러온다. 잃었던 입맛을 돋게 하고 개운한 기운을 남기는 신맛처럼 **새삼**은 잊었던 무언가를 일깨워 일상을 새롭게 한다.

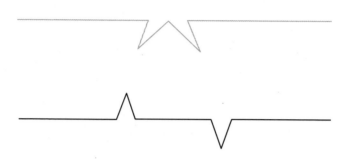

이
따
금

✳

반박음질한
새   삼

얼마쯤씩 있다가 가끔.

가끔 · 더러

이따금 생각이 나겠지요.

그런 대로 한 세상 지내시구려.

이따금과 가끔

이따금 하면 중학교 2학년 영어 시간, 빈도부사를 배우던 때가 떠오른다. 그 시절 영어 선생님은 'Be 동사 뒤, 일반동사 앞'이라는 빈도부사의 문법 상 위치에 곡조를 붙여 노래처럼 외게 한 뒤, 칠판 한가운데 가로로 긴 선분을 긋고는 빈도가 낮은 뜻을 가진 단어부터 하나씩 써나갔다. 'Never > Sometimes > Often > Usually > Always'

우리말 부사의 종류에 빈도부사라는 갈래는 없지만 빈도를 나타내는 부사는 무수하다. **이따금**과 비슷한말을 대강만 추려도 열 개다. 닮은 말이 하도 많아 다음 장에 아예 가계도를 정리했다. (참고로 영어 시간에는 '종종'이 '때때로'보다 빈도가 잦다고 배웠는데, 우리말에서는 두 단어의 뜻이 거의 같다.)

'가끔'을 시조로 친다면 **이따금**은 1대손이다. 이 가계도는 '가끔'과 **이따금**의 유전 물질을 보유하는 단어의 연관성을 확실히 밝히지만, 안타깝게도 '얼마쯤이 과연 얼마쯤인지'는 전혀 밝히지 못한 미궁의 가계도라 하겠다.

무심히 가계도를 보다가 만약 대입 논술 전형에 '**이따금**과 비슷한 뜻을 가진 단어를 다섯 개 이상 소개하고, 활용문을 중심으로 각 단어의 차이점을 서술하시오'라는 문제가 나온다면 어떨지 공상했다.

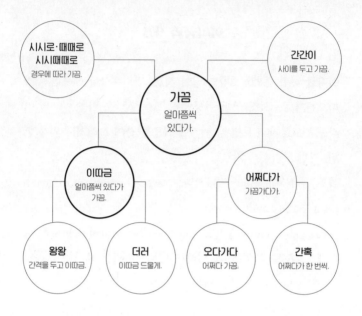

시시로·때때로
시시때때로
경우에 따라 가끔.

간간이
사이를 두고 가끔.

가끔
얼마쯤씩
있다가.

이따금
얼마쯤씩 있다가
가끔.

어쩌다가
가끔가다가.

왕왕
간격을 두고 이따금.

더러
이따금 드물게.

오다가다
어쩌다 가끔.

간혹
어쩌다가 한 번씩.

있다가 지금

"'**이따금** 생각이 나겠지요'로 시작하는 시가 뭐였더라?"

"패티김의 이별 아닌가?"

이따금 만나는 친구와의 대화다. 둘 다 순 엉터리로, 내가 말하려던 시는 김소월의 〈못 잊어〉이고, 친구가 말한 노래는 패티김의 〈이별(작사·작곡 길옥윤, 1973년)〉이다.

김소월 <못 잊어>

못 잊어 생각이 나겠지요

그런대로 한 세상 지내시구려

사노라면 잊힐 날 있으리다

패티김 <이별>

어쩌다 생각이 나겠지 냉정한 사람이지만

그렇게 사랑했던 기억을 잊을 수는 없을 거야

못 잊어 **이따금** 생각이 나도 살다 보면 잊힐 것이라는 시와 아무리 냉정한 사람이라도 그와 나눈 사랑을 잊을 수는 없으리라는 노래는 마치 다른 마음으로 헤어진 연인이 주고받은 편지 같다. **이따금** 떠올라도 잊힐 테니 그럭저럭 살라 하고, **이따금** 떠오를 텐데 어찌 잊냐 한다.

언젠가 잊히는 그날까지 두 사람에게 이별은 꼭꼭 묻어두어도 **이따금** 따끔거리는 통증과 함께 떠오르는 기억일 테다. 잘 잊고 살다가도 닮은 누군가와 스치고 비슷한 목소리를 들으면 다시는 그를 만날 수 없음에 새삼 아파하며 **이따금** 지난날을 떠올릴 테다.

'새삼'과 **이따금**은 이렇게 다르다. '있다가 지금'이라는 어원을 가졌다는 **이따금**은 현재성이 돋보이는 말이다. '새삼'은 주체가 환기하는 대상이, **이따금**은 그 환기의 시점이 두드러진다. 또 '새삼'은 새로움과 갑작스러움에, **이따금**은 띄엄띄엄한 주기에 초점을 맞춘다 '새삼'에 비해 **이따금**의 여운이 덜한 듯하지만, 그래서 또 무한한 서사가 가능하다.

비스와봐 쉼보르스카의 〈누구에게나 언젠가는〉은 가까운 이의 죽음을 소재로 한 작품이다. 작품의 말미, 떠나간 이들이 때로 꿈에서나마 우리를 찾아오는 빈도를 표현하는 문구에 **이따금**이 등장한다. '그러나 아주 **이따금**'.

기꺼운 시간은 빠르게 흐르고, 지루한 시간은 느리게 흐르듯 **이따금**과 같은 빈도를 나타내는 부사는 위 싯구에서처럼 그 정도 또한 화자에 따라 유연하게 확장된다. **이따금**이 일어나는 주기는 그 말을 쓰는 사람에 따라 보름에 한 번일 수도, 반 년에 한 번일 수도 있다.

간격은 저마다 다를지 몰라도 모든 **이따금**은 끝을 한정할 수 없기에 무한한 지속성을 지녔다. '자칫'이나 '새삼'에 비해 신맛이 강하지 않아 보이던 **이따금**은 그래서 비록 깊이는 덜할지라도 그 맛의 너비는 매우 너르다.

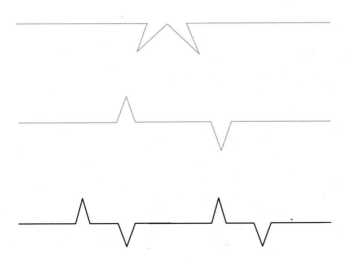

불현듯

＊

번쩍 하고
빛나는
순간

뜻 풀 이

불을 켜서 불이 일어난다는 것과 같다는 뜻으로,

갑자기 어떠한 생각이 걷잡을 수 없이 일어나는 모양.

어떤 행동을 갑작스럽게 하는 모양.

닮 은 말

문득·갑자기

본 보 기

종일 어두운 방 안에 우두커니 앉아 있는데

불현듯 근사한 생각이 떠올랐다.

일단 밥 먹자!

새 불이 일어난 듯

*'문득'은 머릿속에서, **불현듯**은 가슴속에서 일어난다.*
*그러므로 '문득'은 재채기이고 **불현듯**은 딸국질이다.*

고교 시절 시작 공책에는 이런 문장이 쓰여 있었다. 무슨 말인지 알 듯 말 듯, 실은 도통 뭔 소린지 모르겠다. 여하튼 고3 이과생이 어쩌자고 시집만 들여다보았는지 신기할 따름이다. 그 덕에 수학 빵점, 논술 만점(이 아니고서야 절대 불가능하므로 그리 추정)으로 대학에 가긴 갔으니 다행이라고 해야 할지.

불현듯이라는 단어를 마주하면 **불현듯** 떠오르는 이가 있다. 야간 자율 학습 시간이면 학생 주임 선생님의 눈을 피해 종종 문예부 교실로 숨어들곤 했다. 그곳에 가면 성층권 어디쯤 시선을 둔 채 시를 쓰던 고전문학 선생님이 땡땡이 친 가련한 영혼을 반가이 맞아주었다. 그는 가끔 시집을 골라 주거나 우리말의 어원을 알려주었다. 그때 시의 세계에 눈을 뜨고, 여러 단어의 뜻을 새로 알았다.

그중 하나가 '혀다'다. 선생님은 '혀다'는 지금의 '켜다'와 같은 뜻으로 예전에는 '불켜다'를 '불혀다'라고 썼다고 일러주었다. '불혀다, 불혀다' 아무리 발음해도 '불켜다'만큼 빛나지 않아 잊고 지내다 **불현듯**을 두고 글을 쓰려니 새삼 떠올랐다.

'불혀다'에서 번진 **불현듯**은 '불 켠 듯'이라는 뜻이다. 말 그대로 마치 불을 켠 듯 새 불이 일어난다는 의미다. 그러한 어원이 불처럼 번지고 번져 어떤 생각이 불처럼 걷잡을 수 없이 일어나는 모양을 이른다.

선생님은 단어의 어원과 유래를 상세히 알려주면서도 단어의 뜻에는 메이지 말라고 했다. 기표, 기의 뭐 그런 단어를 끌어오기도 했지만, 그 말에 얽힌 각자의 사연과 기억이 보다 중하니 '너만의 눈으로 단어를 읽고, 너만의 단어를 만들라'고 했다.

불현듯 선생님을 떠올리니 신기하게 그 시절의 기억이 줄줄 딸려온다. 불을 켜면 삽시에 사방이 환해지듯 사라진 줄 알았던 기억이 사진처럼 선명히 떠오른다.

불에서 태어난 듯

무언가 떠오르는 상황에서 '새삼'의 강도나 속도를 느낌표에 비유한다면 **불현듯**은 번개 표시가 적당하다. '새삼'이나 '이따금'은 이미 알고 있던 사실, 마주하기 힘들어 외면한 현실, 애써 묻어두었지만 언제고 떠올릴 수 있는 일이, **불현듯**은 영영 잊혀진 일이나 아예 기억조차 없는 일이 떠오를 때 어울린다. 갑자기 화

르륵 영감이 떠오를 때도 '새삼'보다는 **불현듯**이라는 표현이 자연스럽다. 필연적으로 불의 속성을 내재한 **불현듯**에는 걷잡을 수 없음이 깃든 덕일 테다.

한편 **불현듯**은 '문득'과도 겹친다. 두 말 모두 갑자기 무언가 떠오르거나 이루어지는 상황에서 자주 쓰는데 갑작스러운 정도는 얼추 비슷하다. 다만 **불현듯**은 수직의 힘을 가졌으되 어두운 공간에서 불을 막 켰을 때처럼 장면의 전환이 수평을 기준으로 이루어지기에 의태어로 표현하자면 '번뜩'에 가깝다. 그에 비해 '문득'의 힘은 아래에서 위로 수직의 방향으로 움직이며 의태어로 표현하자면 '벌떡'에 가깝다.

십대 시절 즐겨 듣던 강수지의 〈흩어진 나날들(작사 강수지·작곡 윤상, 1991년)〉에는 **불현듯**의 의미를 나긋이 풀어 놓은 대목이 나온다. '어두운 마음에 불을 켠 듯한 이름 하나'라는 노랫말에는 수직과 수평을 장악하는 강력한 **불현듯**의 기운이 고스란히 담겼다.

눈을 떠도 아무것도 보이지 않는 칠흑을 경험했다면 작은 빛의 소중함을 알 테다. 그 빛은 어둠이 짙을수록 더 귀하다. 떠올렸을 뿐인데 칠흑처럼 어두운 마음을 환히 밝히는 존재라니 그 얼마나 대단한 사람인가. 불가에 앉아 언 몸을 녹일 때처럼 **불현듯** 떠오른 이름은 분명 양볼을 붉게 물들였을 테다.

불현듯을 신맛이 나는 말에 꼽은 이유는 시큼한 듯 청량한 불의 향기, 나무 타는 냄새가 났기 때문이다. 타오르는 불꽃을 마주본 자리에 다소곳이 앉아 있을 듯한 **불현듯**은 켜켜이 쌓은 장작처럼 무수한 기억 위에 불을 지피는 말이니.

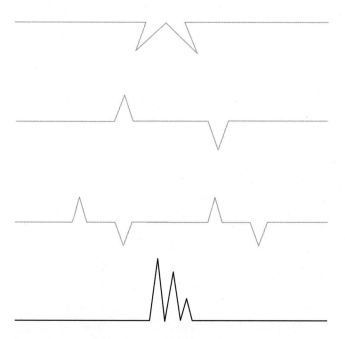

사뭇

✴

아주 달라
너무 좋아

거리낌 없이 마구.

내내 끝까지.

아주 딴판으로.

마음에 사무치도록 매우.

영 · 자못

사뭇 진지한 모습이 보기 좋으면서도

사뭇 달라진 태도가 낯설기도 하구나.

두 얼굴의 사뭇

사락사락 눈 내리는 소리나 사각사각, 사박사박 눈 밟는 소리 때문일까. 어디선가 **사뭇**이라는 말이 들리면 눈밭에 든 기분이 든다. 아무도 가지 않은 도톰한 눈밭에 첫발을 내디딜 때의 소리, **사뭇**! '사' 하고 눈을 밟으면 '뭇' 하고 깊은 발자욱이 남을 것만 같다.

눈 밟는 소리를 닮은 **사뭇**은 실제로는 그와 무관한 여러 뜻을 가졌는데, 간추리면 '마구·매우·내내' 등이다. 가령 대전 출장길에서 본 '사뭇진지'라는 거 이름 한 번 기막힌 한정식집 상호에 쓰인 **사뭇**은 세 뜻 중 어느 뜻이라도 말이 된다.

이 글에서 주로 다루려는 **사뭇**의 또 다른 뜻은 '아주 딴판으로'다. 이 뜻으로 쓸 때 **사뭇**의 신맛이 가장 뚜렷한 탓이다. '아주 딴판으로'의 뜻으로 쓰일 때의 **사뭇**은 주로 '다르다'라는 서술어와 함께한다.

산뜻한 어감 때문인지 그 무게가 가벼운 듯하지만 **사뭇**이 가진 반전의 위력은 실로 엄청나다. **사뭇**의 다름은 한 바구니의 사과처럼 얼추 비슷하나 조금씩 다른 수준이 아니라 연필과 지우개처럼 아주 딴판이다.

옛 직장 동료 중에 유독 인상이 어두운 친구가 있었다. 멀찍이서 그 친구를 쳐다보다가 '얼굴에 그늘이 있네'라는 엄마의 말을 쳐음으로 따라 하기도 했다. 퇴사 후 감감무소식이던 그 친구가 몇 달 후 회사에 들렀을 때 다들 깜짝 놀랐다.

발등에 닿을 듯하던 짙은 그늘은 어데 가고 이마에 해를 단 듯 낯빛이 환해졌기 때문이다. 기자 노릇도, 조직 생활도 너무 힘들어 고향으로 돌아가 작은 카페를 차리고 틈틈이 시를 쓴다던 그 친구의 표정은 예전과 **사뭇** 달랐다.

사뭇의 바다

그나저나 **사뭇**은 어디에서 온 말일까. **사뭇**의 어원은 '통(通)하다'는 뜻의 '사맛다'의 어근 '사맛'으로 훈민정음 해례본 첫 문장 '나랏말ᄊᆞ미 듕귁에 달아 문쭝와로 서로 ᄉᆞᄆᆞᆮ디 아니홀ᄊᆡ(우리말이 중국의 말과 달라 서로 통하지 않으니)'에도 등장하는 말이다.

'사무치다'도 **사뭇**처럼 '사맛다'에서 유래했다. '사무치다'는 무언가 쌓여서 그 아래 묻힌 말 같지만 실제로는 '(잘 통하여) 깊이 스미거나 널리 미치다'는 뜻을 가졌다.

'통하다'라는 어원을 기반으로 유추하자면 **사뭇**은 잘 통하지 못했을 때의 상황, 서로 '사맛지' 않았을 때의 상황을 뜻하는 듯하다. 제대로 통하지 못하면 아주 딴판이 되니까.

잠옷의 발음을 그대로 표기한 듯한 '자못'은 **사뭇**과 자주 비교되며 뭇사람이 헷갈려하는 말이다. '자못'은 '훨씬·꽤·퍽'이라는 뜻을 가져 '마구·매우·내내' 등의 뜻을 가진 **사뭇**과 혼동하는데, 둘 다 실제 어떤 대상이나 상황이 매우 달라졌을 때 잘 어울리는 뜻을 가졌기에 문맥에 따라 보다 자연스러운 말을 골라 써도 무방하다.

언젠가 외국 여행길에서 본 듯해 오만 나랏말을 찾다가 태국어에서 '사뭇(Samut)'을 발견했다. 방콕 인근에 갈 만한 곳으로 매끌렁시장을 추천받았는데, 열차 선로변에 자리한 시장은 기차가 지날 때면 차양을 걷고 물건을 안으로 들여놓는 위태로우면서 흥미로운 곳이었다.

그 시장이 있는 도시가 바로 사뭇송크람이었다. 사뭇프라칸, 사뭇사콘이라는 지명도 존재하기에 접두어려니 했는데, **사뭇**은 산스크리트어로 '바다'를 뜻했다. 우리말 **사뭇**과 참 다른 뜻 아닌가. 아니, 어쩌면 닮은 말인가.

성난 바다와 잠잠한 바다처럼 **사뭇**의 다름은 극적이다. 세 해째 제주에 머물며 **사뭇**을 떠올릴 때가 많다. 2020년 마이삭이나 2022년 힌남노처럼 큰 태풍이 오면 먼 바다에서 밀려온 오름 높이의 파도와 한라산이 내려보낸 센바람이 바다 한가운데에서 맞서 싸우기도 한다. 그러다 다음날 아침이면 '이곳이 진정 에덴인가' 싶게 온 세상이 평화롭기 그지없다.

사뭇 다른 얼굴의 '**사뭇**'을 마주하며, 어원은 죄 잊고 어쩌면 **사
뭇**은 바다에서 태어난 말인지도 모르겠다고 여겼다. (짠맛의 부
사에 넣을 걸 그랬나.)

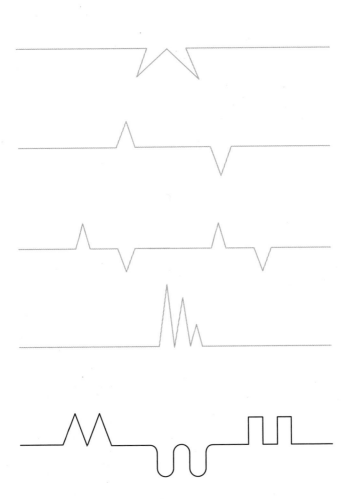

4장
쓴맛의 부사

고난에 맞서는 쓰디쓴 부사

차마

굳이

겨우

도무지

차라리

차마

◆

마음과
달리
발길이

뜻풀이

부끄럽거나 안타까워서 감히.

닮은말

마구 · 함부로

본보기

차마 전하지 못한 이내 마음은

닳고 닳아 훗날 몽돌이 되리니.

할 수 없어

'참아'와 발음이 같기에 설마 했는데 정말 **차마**는 동사 '참다'에 연결 어미 '아'가 붙어 생긴 말이다. 어떤 이유에서건 무언가를 참는 **차마**는 한 일이 아니라 하지 못한 일을 미련스럽게 달고 다닌다. 말하지 못하고, 바라보지 못하고, 돌아서지 못한 말이 모두 **차마** 뒤에 줄을 선다.

'참다'는 웃음·울음·아픔·충동·감정 따위를 눌러 삭이는 말이다. 기뻐도 웃지 않고 슬퍼도 울지 않고 아파도 견디는, 희노애락에 휘둘리지 않는 말이다. 그런 말에서 태어난 **차마**이고 보니 무엇 하나 내키는 대로 함부로 하는 법이 없다.

차마 할 수 없는 일은 무수한데 그중에서도 부끄러워 **차마** 쳐다볼 수 없는 대상을 두고 '꼴불견(-不見)'이라 한다. 꼴불견처럼 눈 뜨고 쳐다볼 수 없게 우습거나 마뜩치 않은 상황에 쓰는 **차마**는 주로 낯부끄러움을 동반한다.

술 냄새를 풍기며 노약자석에 길게 누워 자는 청년이나 임산부석에 다리 쩍 벌리고 앉아 큰소리로 통화하는 남자 등 공공질서를 어기는 무례한 자의 꼴값은 아무리 눈을 부릅떠 마주보려 해도 **차마** 고개를 돌리게 된다.

꼴불견 정도는 귀엽게 여길 만큼 **차마** 믿기 힘든 잔혹한 사건도 연일 벌어진다. 사랑을 강요하고, 받아주지 않는다고 잡아 흔들고, 그 거처에 불을 지르고, 심지어는 목숨까지 앗는다. 이외에도 **차마** 사람이라면 할 수 없는 일을 그럴싸한 허울 아래 자행하는, **차마**가 난무하는 시절이다.

다행히도 부끄러워서 하지 못하는 **차마**보다는 안타까워서 하지 못하는 **차마**, 무고한 **차마**가 그보다 많은 듯하다. 참으면 병 된다지만 하고 싶은 대로 다 하고 살 수도 없으니 마음과 달리 발길이 떨어지지 않은 **차마**, 안타까운 **차마**에는 어찌할 수 없이 눈물과 설움이 배인다.

잊지 못해

[1~연 3, 4행]

얼룩백이 황소가

해설피 금빛 게으른 울음을 우는 곳

엷은 졸음에 겨운 늙으신 아버지가

짚베개를 돋아 고이시는 곳

함부로 쏜 화살을 찾으려

풀섶 이슬에 함추름 휘적시던 곳

정지용의 〈향수〉에 나오는 고향은 이제는 돌아갈 수 없기에 더욱 그리운 이상 세계로 그려진다. 유년기의 해맑은 기억이 고스란히 담긴 평화로운 고향 풍경을 세세히 그리던 시인은 한 연이 끝날 때마다 이러한 통탄을 되뇌인다.

그곳이 차마 꿈엔들 잊힐리야.

한편 2022년 여름, 누군가에게는 잊지 못할 고향일 서울 강남이 물에 잠겼다는 소식에 온 나라가 기함했다. 순식간에 불어난 물에 값비싼 자동차를 버리고 탈출하는 사람이 속출했고, 쇠덩어리 맨홀 뚜껑마저 수압을 이기지 못한 채 공중으로 날아올랐다. 엄청난 재난 앞에 모두가 속수무책인 때, **차마** 잊지 못할 감동어린 소식이 전해졌다.

'강남역 의인'이라 불리는 한 시민이 키만큼 차오른 물에 오도 가도 못한 채 고립된 이에게 헤엄쳐가 결국 그를 구해서 돌아오는 장면을 보고는 끓어오르는 감동을 **차마** 누르기 어려웠다. 세찬 빗속에 수렁처럼 깊고 탁한 물속으로 가는 발길이 **차마** 떨어지지 않았을 터인데, 의(義)에는 **차마**가 **차마** 매달리지 못하는가 보았다.

의식 불명의 운전자를 발견하고 그 차를 앞질러 고의로 충돌해 더 큰 사고를 막은 뒤 무사히 운전자를 구조한 시민, 경찰관을

차로 치고 달아난 수배자를 끝까지 뒤쫓아 검거한 시민, 실수로 물에 빠진 초보 운전자를 구하고도 신분을 밝히지 않은 채 사라진 시민 등 세상에 수많은 의인은 자신의 안위를 먼저 생각한다면 **차마** 할 수 없는 일을 침착히 해낸다.

의로운 시민과 달리 그냥 시민은 **차마**에 깔려 꼼짝도 못하곤 한다. 평소 하고 싶던 일인데도 자칫 실패할까 봐, 그랬다가 영영 일어서지 못할까 봐 앉은 자리에서 그저 닿고자 하는 곳을 하염없이 올려다만 본다.

이러한 때, **차마**가 매달리기 전에 자리를 털고 일어난 의인의 마음을 떠올릴 만하다. **차마** 떨어지지 않는 발길보다 자신이 이루고자 하는 그 무언가, 가 닿고자 그 어딘가를 향해 무작정 뛰어드는 그 마음을.

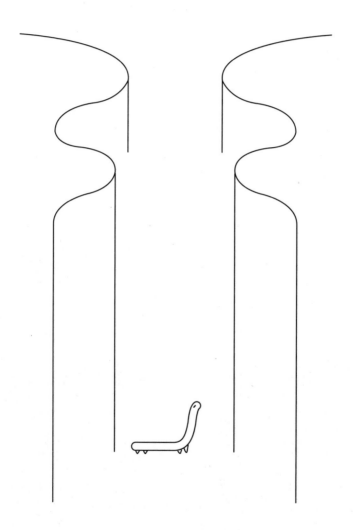

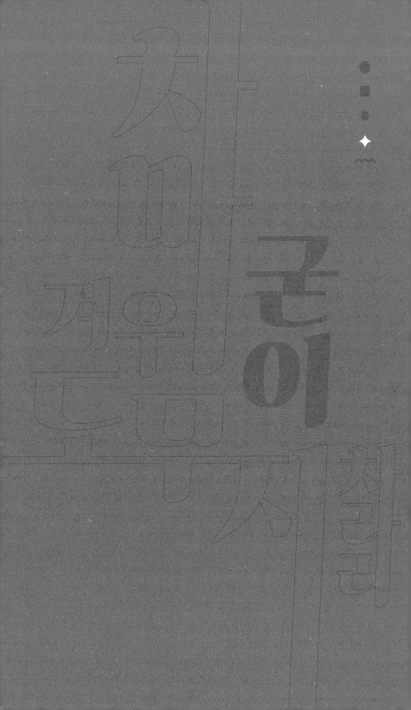

굳이

◆

꼭
그래야만
했니

뜻 풀 이

단단한 마음으로 굳게.

고집을 부려 구태여.

닮 은 말

기어이 · 기어코

본 보 기

굳이 그리 하지 않아도 고될 텐데

기어이 그리 하고 마는 게 인생이지.

하지 말라는데도

〈뜨거운 안녕〉을 즐겨 듣는다고 하면 대개 토이나 싸이의 노래
인 줄 아는데, 내가 좋아하는 〈뜨거운 안녕(작사 백영진 · 작곡
서영은, 1966년)〉은 쟈니 리의 노래다. 기억도 가물한 어린 시
절, '가요무대'에서 처음 본 후 빠져든 노래다. 그중에서도 '기어
이 가신다면 헤어집시다'라는 노랫말이 덮어 놓고 좋았다.

그냥 가겠다는 것도 아니고 가지 말라고, 가지 말라고 하는데도
기어이 가겠다는 이도 강단 있어 보여 멋있고, 그렇게 가지 말라
는데도 **굳이**, 기어코, 한사코 가겠다면 '그래, 헤어져'도 아니고
'그럽시다. 헤어집시다'라고 청유형으로 말하는 이 모두 한 멋
하니 말이다.

이 노랫말에 등장하는 '기어이(期於-)'는 '기어코'와 같은 말로
'어떠한 일이 있더라도 반드시'라는 뜻의 거 목표 의식 한 번 뚜
렷한 말이다. 그에 비해 **굳이**와 마찬가지로 '구태여'는 '일부러
애써'라는 뜻으로 '기어이·기어코'만큼의 절박함은 없지만 하고
자 하는 의지가 꽤나 굳건할 때 쓴다.

'기어이'는 갓 태어난 애벌레가 있는 힘을 다해 기신기신 나무둥
치에서 나무 꼭대기까지 오를 때의 모습을 형상화한 말 같다. '기
어이'와 비슷한말 '그예'는 '마지막에 가서는 기어이'라는 뜻으
로, '긔어이'가 모음 탈락을 거쳐 '그예이', 또 거기서 마지막 음절

이 생략되면서 '그예'가 되었다니 애초에는 '기어이'와 한몸이다. 우리나라에서 가장 오래된 서정시라고 추정하는 〈공무도하가〉에는 어찌하든 반드시 하려는 '기어이' 곧 '그예'의 안타까운 서정이 깃들어 있다. 다들 국어 시간에 배웠겠지만 혹 잊은 이를 위해 공무도하가의 배경 설화를 정리하자면 다음과 같다.

어느 뱃사공이 배를 수리하는데 한 남자가 강물로 뛰어들어 숨을 거둔다. 그 뒤에서 남자에게 강을 건너지 말라 외치던 아내도 뒤이어 물에 빠져 죽는다. 그 이야기를 전해들은 뱃사공의 아내가 공후를 타며 만든 노래가 〈공무도하가〉다. 한자로 된 시어 중 경(竟)은 '마침내·끝내' 등의 뜻이지만 '그예'로도 해석한다.

공무도하(公無渡河 님아, 물을 건너지 마시오)
공경도하(公竟渡河 님은 그예 물을 건너시네)
타하이사(墮河而死 님이 물에 빠져 돌아가시니)
당내공하(當柰公何 이제 님을 어이할꼬)

뭐하러 그렇게까지

굳이는 힘빼기의 미덕에 배치되는 고집처럼 보이기도 하지만,

굳이 해야 하는 일이나 누가 뭐래도 올곧게 밀어부쳐야 하는 일도 있다. 자신이 원하는 길을 묵묵히 걸어나갈 때의 **굳이**는 '굳건히'에 가깝다.

굳건한 사람의 모습은 타의 모범이 되어 지켜보는 이의 칭송을 받는다. 반면 '기어이 · 기어코' 그렇게 하고, '**굳이 · 구태여**' 그렇게 하는 사람은 타의 핀잔과 함께 지켜보는 이에게 이런 질문을 유발한다.

"기어이 이 새벽에 동해까지 가서 꼭 바다를 봐야 했니?"
"기어코 무리한 대출을 받아가면서까지 그 집을 사야만 할까?"
*"맛집이 얼마나 많은데 몇 시간씩 줄 서는 식당에 **굳이** 와야 했을까?"*
"상처 입은 친구에게 구태여 그렇게 독하게 말할 필요가 있을까?"

왜 그런 결정을 내렸는지, 그를 실행하기 위해 그토록 무리해야 했는지, 결국 그 결정과 실행 방식이 다소 과할 때 그 과정을 지켜보거나 어쩔 수 없이 함께하는 이는 감정을 듬뿍 실은 '기어이 · 기어코', '**굳이 · 구태여**'를 회초리 대신 불러온다.

경상도에서는 "쫌!" 한마디가 어지간한 부탁을 대신하듯 긴 문장이 아니더라도 "**굳이?**" 한 단어로도 많은 감정을 전한다. 때로 과한 의욕에 그렇지 못한 실력으로 쓴 신입 기자의 엉터리 기사를 보며 '**굳이**(이 주제를, 이 소재로, 단어로 표현해야만 했을까)?'라며 혼잣말을 하곤 했다.

이처럼 의욕과 실력의 정도가 일치하지 않을 때의 **굳이**는 의아함과 안타까움을 자아낸다. 여러 선택지 중에 썩 좋아보이지 않은 무언가를 택할 때도 그와 같은 이유로 '**굳이**?'라고 물으며 상대도 같은 질문을 자문하기 바라지만 참 올곧은 그는 늘 **굳이** 애초대로 그리 하고 말더라.

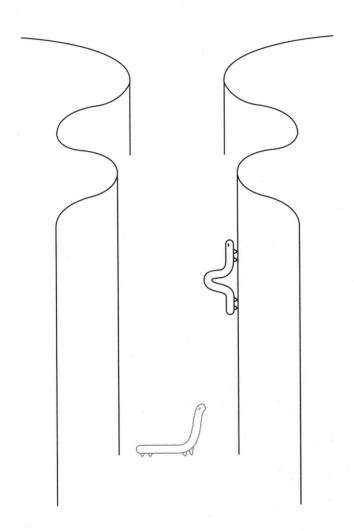

겨우

◆

그것밖에?
그거라도!

어렵게 힘들여.

기껏해야 고작.

가까스로 · 간신히

반찬이 **겨우** 이게 다지만

이 겨울에 **겨우** 구한 거라우.

불나게 하는 말

상대를 화나게 하는 데 탁월한 화법을 구사하는 이들이 종종 있다. 그들은 어조도 그렇지만 기분 나쁜 어휘를 잘도 골라 쓰곤 한다. 그런 단어 중 빠지지 않는 게 '따위'다. 의존명사 '따위'는 상대를 얕잡아 보거나 부정의 의미를 담을 때 쓰는데 '이따위 · 저따위 · 그따위' 등 남다른 변신술을 선보이며 오만 사람의 기분을 다채롭게 상하게 한다.

'따위'와 유사한 말로 '까짓'이 있다. 관형사로 '별 것 아닌', '하찮은'이라는 뜻의 '까짓'은 따위만큼이나 상대의 기분을 상하게 하는 위력을 가진 말이다. 지시 대명사와 합쳐져 '그까짓 · 이까짓 · 저까짓'이 되면 **'겨우** 그 · 이 · 저만한 정도의'라는 뜻이 되어 '따위 · 까짓'과 비슷한 뜻의 부사가 된다. 다행히도 '까짓거(것)'만은 드물게 극복의 의지를 자극한다.

아무리 좋게 보려 해도 그럴 수 없을 때 쓰는 명사이자 부사 '고작'도 앞에 소개한 여러 단어와 뜻이 겹친다. 늘상 그러한 것은 아니나 '고작' 앞에는 대단치 않다고 여기거나 업신여길 때 쓰는 '애개(개)'라는 감탄사가 어울릴 때가 많다.

안타깝게도 이와 닮은 뜻을 가진 말이 아직 여럿이다. 먼저 '한갓'은 '고작 다른 것 없이 **겨우**'라는 무시무시한 뜻을 가졌고, '한갓'의 대체어로 쓰는 '한낱' 또한 '대단한 것 없이 다만'이라는 점에서 조금 다른 듯하지만 도긴개긴의 말이다. 해서 같은 문장이라도 한갓 대신 한낱을 넣어도 무방할 때가 많다. 이를테면 '상영일이 지나버린 영화표나 수령 기일을 놓친 당첨 복권은 한갓 종이, 한낱 쓰레기일 뿐'이라고 할 때처럼 말이다.

'한낱'은 '좋지 않거나 모자라기는 하지만 그것이나마'라는 뜻의 '그나마'보다 쓴맛이 강하다. '그나마'에는 그나마 한 줄기 빛이 스미지만 '한낱'은 빛 대신 하찮음, 업신여김이 얼룩져 있다. 대개 하찮게 여기거나 업신여겨서는 안 될 상대나 상황에 '한낱'을 쓰기에 문제가 된다.

물론 살다보면 별 일이 다 있긴 한다. 하지만 어려운 상대, 쓰디쓴 상황을 대할수록 말을 더욱 귀이 여겨야 한다. 고난은 나쁜 말을 먹고 자라는 법이라 '한낱'을 아무 데나 쓰는 나쁜 습관은 그 인생을 '한낱'으로 만든다.

지난 겨울, 난생 처음 지진의 공포를 느꼈다. 강도 5 수준의 강력한 지진이 안기는 공포는 실로 대단했다. 크나큰 자연 재해 앞에 당면한 개인사나 사회 문제는 그야말로 '한낱'에 어울리는 일이 되었다. 공포가 지난 자리에 불끈 위로가 샘솟았다. 거대한 슬픔이나 고난 자체를 '한낱'이라 여기니 순식간에 얕잡아볼 수 없는 상대가 '까짓거'의 대상이 되었다. 그게 바로 말의 힘, 부사의 힘임을 깨달았다.

겨울에 태어난 말

식물 공부를 하면서 기생식물에 호기심이 일었다. 자립심과 독립심을 인생의 화두로 여겨온 나에게 기생이라는 삶의 형태는 혐오스럽게만 보였다. 하지만 기생식물 종과 그 식생을 알아가면서 그 신비로움에 이끌렸다. 스스로 영양분을 구하지 않는 대신 택한 기발한 빌어먹기의 방식에 피식 웃음이 나다가도 그 절박함에 짠해졌다.

그중 하나가 겨우살이다. 겨우살이는 월동을 뜻하는 순우리말이면서 동시에 기생식물의 한 종을 이르는 명칭이다. 다소 앙상한 꽃다발처럼 생긴 겨우살이는 한겨울 잎 다 떨군 나무에서 알찬 열매를 빛내곤 한다. 겨우살이는 '겨울을 살아낸다'는 뜻에서 붙여진 이름이면서 다른 생명에 기대어 **겨우** 살아가는 생명이니 그 이름이 여러모로 알맞다.

'계우'가 변해서 **겨우**가 되었다는 변천사는 존재하나 **겨우**의 어원은 겨우살이와 달리 밝혀진 바가 없다. 다만 공교롭게도 사계절 중 가장 길고 나기 힘들다는 겨울이 다른 접사나 명사와 합성어가 될 때는 'ㄹ' 받침이 사라져 **겨우**가 되기도 한다.

겨울이라는 계절을 살아내는 일을 두고 '겨우살이'라고 하고 겨울이라는 한 계절 동안을 '겨우내'라고 이르듯 **겨우**에는 겨울도 숨어 산다. 지금이야 겨울에도 먹을거리가 많고 난방도 원활하지만 산업화 이전만 해도 겨울은 실로 혹독한 계절이라 **겨우** 살아낸다고 하기에 가장 적합한 계절이었다.

겨우는 '어렵게 힘들여'라는 뜻과 함께 '기껏해야 고작'이라는 뜻도 가졌다. '**겨우** 해냈으나 **겨우** 그것밖에 못했다'라고 할 때 앞선 **겨우**는 '어렵게 힘들여'이고, 뒤선 **겨우**는 '기껏해야 고작'의 뜻이다. 앞선 뜻은 '가까스로'에 가깝고 뒤선 뜻은 그 풀이에도 등장하는 '고작'과 닮았다. 앞선 뜻은 어떠한 일을 있는 힘을 다해 간신히 이루었을 때, 뒤선 뜻은 '고작'처럼 무언가를 얕잡아 보거나 무시할 때 주로 쓴다.

앞선 뜻은 누가 쓰더라도 무방할 테지만 뒤선 뜻은 타인이든 자신이든 그 누구든, 설령 그 대상이 사람이 아니라 대상이나 상황이라 할지라도 기분 좋을 리 만무하다. '**겨우** 그까짓 일로 그렇게 화를 내냐?'는 물음이나 '나는 **겨우** 이것밖에 안 되는 사람이야' 등 흔히 쓰는 문장에서도 **겨우**는 대체로 부정의 의미를 띤다.

특히 타인보다 자신을 그렇게 평가할 때는 더욱 입맛이 씁쓸해진다. 어렵거나 힘든 상황에 쓰는 앞선 **겨우**는 어느 정도 인정을 끌어안지만 뒤선 **겨우**는 타인에게든 자신에게든 매우 혹독한 말이다. 그러니 '**겨우** 이것밖에 못했네'라는 말보다는 힘든 와중에 '**겨우** 이거라도 해냈다'며 보다 관대하게 말하는 편이 낫지 않을는지.

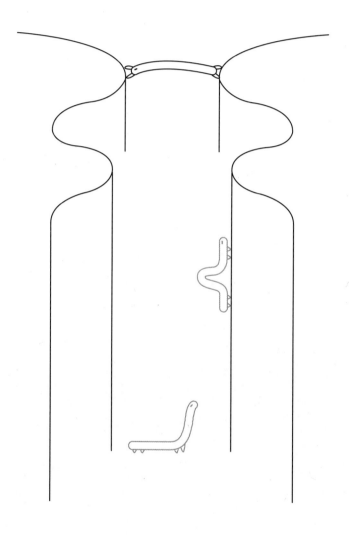

도무지

◆

숨
쉴
수
없어

뜻 풀 이

아무리 해도.

이러니저러니 할 것 없이 아주.

닮 은 말

도저히· 아예 · 좀체

본 보 기

도무지 그 속을 알 수 없으니

도무지 속이 풀리지를 않네.

서서히 조이리

도무지의 어원이 무엇일지 아무리 추리해 봐도 '**도무지**' 아무것도 떠오르지 않았다. '기어(期於)코'나 '도저(到底)히'처럼 한두 음절이 한자이거나 아예 한자어일지 모른다고 여겼다. 샅샅이 찾아보니 **도무지**는 특이하게도 애초에는 한자어였으나 시간이 흐르면서 우리말로 정착한 예로 보였다.

수많은 우리말 단어가 그러하듯 **도무지**의 정확한 어원은 알 수 없으나 그럴싸한 추정은 존재한다. 오래 전 물에 적신 얇은 종이 여러 장을 얼굴에 덧바르는 형벌이 있었는데, 그리하면 젖은 종이가 얼굴에 달라붙으면서 서서히 숨이 막히어 결국 죽음에 이르기도 했다.

이 형벌의 이름이 지금껏 들어본 종이 이름 중에 가장 끔찍한 도모지(塗貌紙, 얼굴에 칠하는 종이)다. 글을 쓰고 책을 엮는 귀한 종이로 누군가를 죽일 생각을 했다는 사실이 실로 놀랍지 않은가. 여하간 이 도모지가 차츰 **도무지**로 변했다는 설이 꽤나 유력하다.

중국 사극 영화에서 도모지 형벌을 본 일이 있다. 죄인을 눕혀 팔과 다리, 목 부분을 칭칭 묶고는 얼굴 위에 한지처럼 얇은 종이를 물에 적셔 겹겹이 올려놓았다. 처음에는 심하게 발버둥치던 죄인은 얼마 지나지 않아 미동도 하지 않았다.

아무리 죄인이라 해도 서서한 고통을 주는 모습과 그러한 형벌을 떠올렸을 누군가의 악의에 치가 떨렸다. 종이로 저게 가능할까 싶어 영화를 보다 말고 직접 해보겠다며 공책을 찢어 물에 담구었다가 엄마한테 들켜 혼만 났다.

여하튼 갖가지 기괴한 고문이 난무하는 중국의 일인 줄로만 알았는데 도모지는 조선시대에 사사로이 행해졌던 형벌이라 한다. 천주교 박해 때 이 형벌로 숨진 교인이 여럿이라 전해치고 대원군을 거쳐 고종 집권 시기에도 같은 형벌이 행해졌다는 기록이 남아 있다. 이토록 끔찍한 도모지에 기원을 둔 **도무지**는 도대체 얼마나 무시무시한 말이련가.

앞뒤 꽉 막힌

도모지 형벌을 받는 죄인의 상황처럼 **도무지**는 '아무리 해도 (하지 못하다·되지 않다)'라는 쓰디쓴 뜻을 가졌다. 뜻에 어울리게 대체로 '없다·못하다·모르다' 등 부정의 뜻을 가진 서술어가 뒤따른다. 도무지는 앞서 소개한 '차마', '굳이', '겨우'와 달리 아예 여지가 없는 말이다. 그래서 듣기만 해도 답답한 '도통', 전무인지 후무인지 여하튼 앞뒤 어디를 봐도 뭐가 없는 '아예' 등과 바꿔쓰기도 한다.

도무지를 쓸 정도라면 이미 할 수 있는 일은 얼추 다 해보았다는 뜻이다. **도무지**는 아무리 노력해도 영 되지 않을 때, 대체로 스스로 해결책을 찾지 못할 때 소환된다. 하다 못해 꽉 막힌 잼 병을 따더라도 한두 번 시도한 다음에 '도무지 안 열리네'라고 섣불리 말하지 않는다.

오른손, 왼손 손바꿈을 해가며 있는 힘을 다 쓰고, 그도 안 되어 뚜껑에 수건을 감아 돌려도 보고, 뚜껑에 뜨거운 물을 뿌려도 보았지만 도통 움직이지 않을 때, 결국 힘센 친구에게 가져가 대신 좀 따달라고 할 때, 그때 말한다. "어떻게 해도 **도무지** 안 열려. 네가 좀 해봐."

만화에서 주인공이 '**도무지** 어찌해야 될지 모르겠어'라고 독백할 때는 두 손으로 양쪽 관자머리 부분을 감싸거나 깊은 한숨을 쉬며 먼 데 하늘을 올려다보곤 한다. 이처럼 **도무지**는 한숨이나 눈물로 이어지거나 죄 없는 벽 치기, 한강 다리 올라가기 등으로까지 비약된다.

꽉 막힌 **도무지**에 답답해하다가 문득 이런 말이 떠올랐다.

너무 애쓰지 마라.
마음 가는 대로 해라.

낙천주의자 할아버지가 생전에 자주 하던 말씀이다. 그래, 어쩌면 **도무지**의 해결책은 '그냥'에 있을지 모른다. **도무지** 어찌할 수 없을 때는 아득바득 너무 힘쓰지 말고 그냥 될 대로 되게 내버려두는 편이 낫다. 한사코 **도무지**에 맞서려다가는 자칫 얼굴에 도모지가 올라간 기분을 느낄지 모르니.

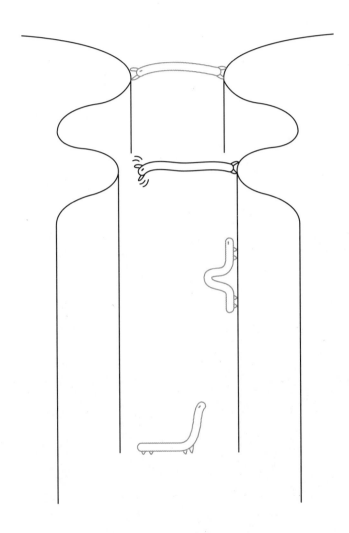

차라리

◆

어쩌란
말이냐

뜻풀이

여러 가지 사실을 말할 때에,

저리하는 것보다 이리하는 것이 나음을 이르는 말.

닮은 말

도리어 · 오히려

본보기

사랑이 이리 쓰라린 일이라면

차라리 당신을 만나지 말 것을.

그나마 이것

지난 봄, 조카와 오랜만에 술래잡기를 했다. 코로나19로 노상 실내에 갇혀 지낸 아이는 모처럼 두 볼이 붉어지도록 실컷 뛰었다. 일곱 살 조카는 마흔이 넘은 이모의 체력은 아랑곳없이 30분을 뛰고도 물 한 모금 먹으면 100% 충전되어 다시 뛰자고 졸라댔다. 잠시만 쉬자고 사정 사정해 한 시간만에야 겨우 한갓진 자리에 앉았다.

시원한 음료를 마시며 조카에게 그간의 안부를 물었다. 일생에 한 번뿐인 초등학교 입학식이 열리지 않았다는 소식에 안쓰러운 표정으로 위로를 건네자, 또래에 비해 말이 빠른 조카는 대수롭지 않은 듯 이리 답했다. "그나마 우리 아파트에 같은 반 친구가 많아 다행이에요."

평소 조카가 부사를 잘 쓰는 모습을 볼 때마다 경탄했는데, 그날의 '그나마'는 너무도 적절하여 적잖이 놀랐다. 제대로 알고 쓰나 싶어 '그나마'가 무슨 뜻인지 물었다.

나쁜 것 중에 제일 좋은 거 아니에요?

평생이 7년인 아이가 '그나마'의 뜻을 어찌 그리 정확하고도 쉽게 표현하는지 그보다 여섯 곱절은 더 산 이모는 감탄사가 모자랄 뿐이었다.

'그만한 정도로'라는 뜻의 '그만치'가 '이만치·저만치'와 같은 뜻이듯 '좋지 않거나 모자라기는 하지만 그것이나마'라는 뜻의 '그나마'도 '이나마·저나마'와 같은 뜻이다. 다만 세 단어는 '그'와 '이·저' 등 가리키는 지시 대명사만큼의 차이만 존재할 뿐이다.

'그나마'는 대체로 마뜩하지 않지만 그중에서 하나 정도는 선택할 만할 때 쓴다. 가령 눈에 띄는 옷이 영 없는 옷가게에 들어갔는데 동행이 자꾸만 한 벌만 골라달라고 할 때의 '그나마 이 옷이 제일 나은데', 밀가루가 들어간 음식을 피하는 와중에 어쩌다 찾은 국수집에서의 '김밥이 있어 그나마 다행이네' 등은 '그나마'의 본뜻이 잘 구현된 예다.

'그나마'는 쓴맛의 말맛을 가진 단어 중에서도 쓴 정도가 가장 약한 말에 속한다. 쓴맛이 나는 부사에 소개한 단어는 하나같이 몹시 쓴데, '그나마'에서는 팔뚝으로 쓱 닦거나 물로 헹구면 금방 사라질 정도의 옅은 쓴맛이 난다.

다만 '그나마'는 '좋지 않거나 모자라지만 그것마저도'라는 다른 뜻도 가졌는데 이는 정말이지 최악의 상황이지 않은가. '좋지 않거나 모자라기는 하지만 그것이나마'가 불행 중 다행의 뜻을 가졌다면 '좋지 않거나 모자라지만 그것마저도'는 불행 중 다행이라 여긴 것마저도 아니 이루어진다는 뜻이니까.

차라리 저것

'그나마'의 두 번째 뜻과 엇비슷한 말이 **차라리**다. 이것보다 저 것이 나을 때 쓰는 말이라지만 실제 **차라리**는 이것도 저것도 마 뜩치 않을 때 주로 쓴다. '출하리'라는 옛말이 변해서 지금의 **차 라리**가 되었다는데, 뜻만 보자면 '다음 차(次)'라는 한자를 쓴 말 이라 해도 그러려니 하겠다.

애창곡 중 하나인 윤수일의 〈사랑만은 않겠어요(작사·작곡 안 치행, 1978년)〉의 **차라리**는 사랑의 상흔을 절절히 전한다.

이렇게도 사랑이 고로울 줄 알았다면
***차라리** 당신만은 만나지나 말 것을.*

뜻도 모르고 따라 부르던 어린 시절에는 '당신만'을 잘못 해석해 두 사람을 만나고 싶었다는 의미라 여기기도 했지만, 다 자라 그 참뜻을 알고부터는 **차라리**에 유독 힘을 실어 '챠롸리'라 부르곤 했다. 얼마나 힘겨운 사랑이었길래, 화자의 마음에 깊이 공감하 며 연민을 실어보냈다.

연인을 그리워하는 마음을 이와 비슷하게 표현한 중국 시인도 있다. 이백은 추풍사(秋風詞)라는 고전 시가에서 깊은 사랑과 한없는 그리움을 독백 형식으로 노래하며 이리 끝맺었다.

還如當初莫相識
***차라리** 처음부터 사랑하지 말 것을*

우리 가요 중 **차라리**의 쓰디쓴 뜻이 가장 잘 드러난 예는 산울림의 〈청춘〉일 듯하고, 시는 윤동주의 〈편지〉가 아닌가 한다.

[2연]
*그립다고 써 보니 **차라리** 말을 말자*
그냥 긴 세월이 지났다고만 쓰자
긴 긴 잠 못 이루는 밤이 오면
행여 울었다는 말을 말고
가다가 그리울 때도 있었노라고만 쓰자

'그나마'가 고난의 시기에 한 가닥 동아줄 같은 말이라면 **차라리**는 그 동아줄마저 끊어져 붉은 수수밭에 떨어졌는데 목숨만 겨우 부지한 채 겨우 한 걸음 떼는 말이다. 살다 보면 이도 저도 너무 좋기만 할 때보다 이것이 내키지 않아 마뜩치 않은 저것을 택할 때가 많다. 그렇게 **차라리**의 체념을 배우며 인생의 쓴맛에 눈을 뜬다.

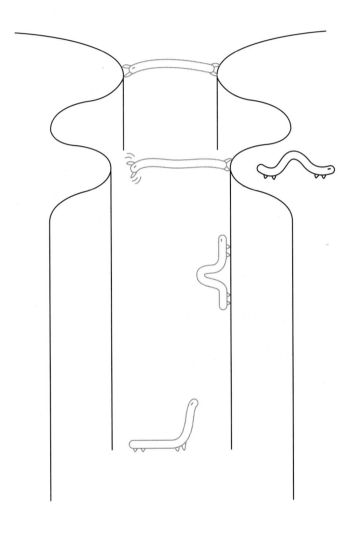

5장
물맛의 부사

만물을 보듬는 물같은 부사

●

■

✸

✦

〰

모름지기

웅숭깊이

고즈넉이

두루

고이

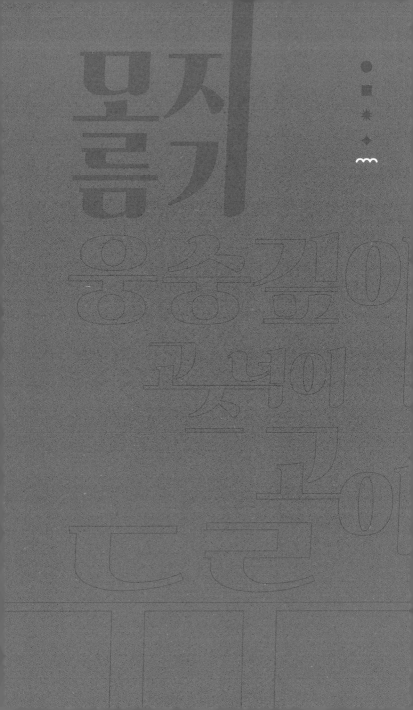

모름지기

~~~

모르면
아니
되기

사리를 따져 보건대 마땅히.

또는 반드시.

응당 · 으레

본 보 기

모름지기 여행이란 그곳보다

그곳의 사람을 만나러 가는 일!

앎을 지키는 말

'지키는 사람'이나 '지킴이'의 뜻으로 쓰는 '지기'가 들어간 말은 등대지기, 문지기, 산지기 등 무수하다. 그외에도 들배지기, 돌림배지기 같은 씨름 용어나 논마지기, 땅마지기 같은 면적 단위 등 '지기'가 들어간 명사는 수백 개에 달한다.

부사 중에 유일하게 '지기'가 들어간 말은 **모름지기**다. **모름지기**는 모르면 아니 됨, 곧 앎을 지키는 말인가 싶게 반드시 알아야 할 일 앞에 나타나는 말, 몰라서는 아니 되는 가치와 섭리를 두루 껴안는 말이다. '**모름지기** 여름은 더워야 제맛이다', '**모름지기** 사람은 신의를 지켜야 한다' 등 누구나 알고 순순히 받아들이는 사리, 절대로 모르거나 잊어서는 아니 되는 일 앞에는 **모름지기**가 들어가야 격이 맞다.

모름지기는 참말로 '모르다'에서 유래했다. '모르긴 몰라도'에 가까운 뜻으로 마땅한 정도가 그보다 조금 더 강하다. **모름지기**와 비슷한말 '응당(應當)'은 '일정한 조건이나 가치에 꼭 맞게 옳은 이치로'라는 뜻으로 '그러하다'를 동반하는 예가 많다. 때로 '그러해야 한다'를 동반하는 **모름지기**와 비교하면 응당의 마땅한 정도가 보다 순순해 보이기도 한다.

두말할 나위 없이 당연히 그러할 때 쓰는 '으레' 또한 매양 틀림없는 상황에 알맞으나 '응당'과 마찬가지로 **모름지기**보다는 의

무의 강도가 약하다. 어감 때문인지 '응당'의 말뜻이 보다 똑 떨어지는 듯이 보이고 '으레'는 그 발음처럼 느슨한 감이 있다. 세 단어의 뜻 차이를 수치로 나타내기는 어려우나 어감과 강도가 조금씩 달라 흥미롭다.

잊어서는 아니 될 말

모름지기는 일상에서 표어나 구어, 명제에 차용하기 알맞다. '**모름지기** 농부는 농사로, 배우는 연기로, 시인은 시로 말해야 한다'는 식의 표현에 **모름지기**가 들어가면 보편성이 한층 강화된다. 당위성을 가진 통념, 최소한 한 문화권의 합의가 이뤄진 일에는 당당히 **모름지기**를 쓸 만하다.

모르는 게 약이라지만, 모르면 아니 되는 일도 많다. 자칫 사리를 잊은 채 '**모름지기** 여자는 남자에게 순종해야 한다', '**모름지기** 겨울은 모피의 계절' 등의 철 지난 헛소리를 하다가는 들배지기를 당할지도 모르니 주의해야 한다.

모름지기는 물맛의 말맛을 가진 말이다. 맑고 옳고 바른 물, 모든 자연물을 살리는 대자연의 모태이자 자연의 섭리와 인생의 사리를 두루 포용하는 물과 같은 말이다.

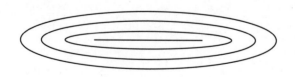

웅숭깊이

~~~

큰물의
테두리

생각이나 뜻이 넓고 크게.

사물이 되바라지지 아니하고 깊숙하게.

깊이 · 너그러이

가마솥에 끓인 숭늉을 바라보면

웅숭깊이의 참뜻이 들여다보인다.

가마솥의 숭늉같이

웅숭깊이는 '웅숭+깊이'의 구조다. 부사 '깊이'의 뜻은 알 만한데 도무지 '웅숭'의 의미를 짐작하기 어려웠다. 우리말 어원을 다룬 몇몇 책에서는 '웅숭'이 '우묵하고 깊숙한 장소나 물건'이라 하던데 제법 그럴싸해 보였다. 문득 '웅숭'은 '웅크린 듯 보이나 숭고한 무엇'의 준말은 아닐까 싶어지기도 했다.

물에도 여러 종류가 있다. 깊은 산중의 맑은 샘물, 쉴 새 없이 밀려오는 바닷물, 벼락 같은 폭포수, 일상을 씻기는 수돗물까지 모두 귀한 물이다. 그중 **웅숭깊이**는 가마솥 밥 다 퍼내고 솥 바닥에 눌러붙은 한 톨의 쌀알까지 우린, 물맛 중에서도 깊고도 맑은 숭늉의 맛을 가진 말이다.

그저 두 단어에 모두 '숭'이라는 글자가 들었기 때문인 줄 알았는데, 곰곰히 생각할수록 실제 **웅숭깊이**의 뜻은 숭늉과 깊은 연관성이 있어 보였다. **웅숭깊이**의 뜻풀이를 끝맺는 단어는 '크고 넓게' 그리고 '깊숙하게'다. 하나같이 물의 속성을 두루 아우르는 표현이며, 먹는 물 중에는 숭늉에 딱 알맞지 않은가.

우리말에는 '깊을 심(深)' 자가 들어간 단어는 숱하나 우리말 '깊이'가 들어간 부사는 달랑 세 개뿐이다. '깊이'와 '깊이깊이', **웅숭깊이**뿐이다. 아름다운 말, '깊이'가 보다 많이 쓰이면 좋을 텐데, 아쉬움이 깊어졌다.

넓고 크게, 깊숙하게

함께할 때는 미처 깨닫지 못하다가 그 존재가 사라진 후 남은 흔적이나 자취에서 **웅숭깊이**를 느낄 때가 종종 있었기 때문일까. **웅숭깊이**를 그림으로 표현하자면 크고 넓고 깊은 발자국이 떠오른다.

언젠가 시인 이문재 시인과 낭독 행사를 함께했는데, 그때 시인을 소개하며 **웅숭깊이**라는 표현을 썼던 기억이 난다. 아래는 시인이 쓴 〈사막〉의 일부다.

(1연)

사막에

모래보다 더 많은 것이 있다.

모래와 모래 사이다.

이러한 시를 쓰는 시인에게 '사물과 사건과 사람을 **웅숭깊이** 들여다보고 꼭 그러한 시를 쓰는 작가'라는 표현은 가히 마침맞다. **웅숭깊이**는 시인처럼 세상을 넓고 크고 깊이 들여다보는 시선이자 자세를 이르는 말이기도 하다. 넘쳐나는 관계와 정보와 지식을 좁고 얕게 훑으며 날름날름 소비하는 시대에 **웅숭깊이**는 간절히 되살려야 할 삶의 태도가 아니려나.

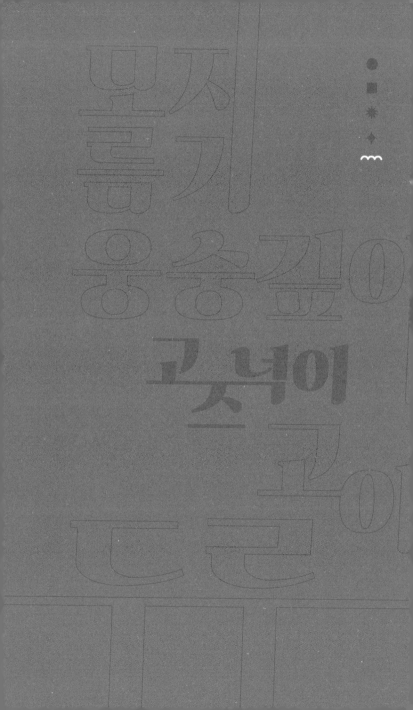

고즈넉이

〜

넋을
놓고

뜻 풀 이

고요하고 아늑한 상태로.

말없이 다소곳하거나 잠잠하게.

닮 은 말

가만히 · 묵묵히

본 보 기

고즈넉한 산사의 풍경 소리,

고즈넉이 그 파문을 듣노라면.

텅 빈 충만

말없이 어떤 풍경을 고즈넉이 바라보고만 있어도
욕망은 입을 다물어 버린다.
공(空)의 자리에 즉시 충만이 들어앉는다.

늘 책장에 꽂아두고 때때로 펼쳐보는 책, 장 그르니에의 〈섬〉에서 유독 좋아하는 구절이다. '물건은 자리만 차지하는 게 아니라 마음에도 자리를 트니 공간이든 마음이든 빈 자리를 늘려야 한다'던 신영복 선생의 가르침과 같은 맥락의 글귀라 더욱 마음이 끌렸다. 〈섬〉의 문장이나 신영복 선생의 '완물상지(玩物喪志, 쓸데없는 물건에 정신이 팔려 의지를 잃는다)'를 떠올리면 마음에 작은 뱃길이 인다.

고즈넉이는 어선이 지나간 바다의 물이랑, 소금쟁이가 지나간 자리에 남는 작은 파문이 연상되는 말이다. '고요'와 '아늑'과 '다소곳'과 '잠잠'이라는 멋진 뜻을 모조리 품은 **고즈넉이**는 누군가 앉은 모습, 무언가 가라앉은 모양, 평화로운 사람과 시공간에 두루 어울린다.

고즈넉이의 모태, '고즈넉하다'와 비슷한 뜻의 '가만하다'는 조용하고 차분한 상태, '한갓지다'는 한가롭고 그윽한 상태다. 또 '아늑하다'는 편안하고 포근한 상태, '다소곳하다'는 온순한 상태에 어울리는 말이다. **고즈녁이**는 이 또한 모두 아우르는 넉넉한 말이다.

그리 기다리기

'웅숭깊이'가 숭늉의 물맛을 가진 말이라면 **고즈녁이**는 산사 뒤뜰, 고요한 샘물의 맛을 가진 말이다. 휘몰아치는 격랑, 사선으로 그어대는 폭우와 대비되는, 격랑과 폭우가 한풀 기세를 꺾고 서서히 잦아들어 땅처럼 평온을 되찾은 상태의 물, 떠나지 않으나 머물지 않는 자세로 만물을 되비치는 물의 말이다..

최승자 시인의 시는 고단한 청춘의 버팀목이었다. 시인이 거의 15여 년 만에 펴낸 시집 《쓸쓸해서 머나먼》에 실린 〈먼 방 빈 방〉에는 화자를 '호젓이'와 **고즈녁이** 기다리는 무언가가 등장한다. 그를 기다리는 것이 무엇인지 몰라도 그 태도로 보아 분명 대단한 존재인 듯하다.

때로 대문 앞에 선 채 빈 집에서 **고즈녁이** 나를 기다리는 것은 무엇일까, 생각에 잠긴다. 고독, 허무, 아니라면 혹 죽음일까. 넋을 놓고 **고즈녁이**를 **고즈녁이** 바라본다. 기다리는 자세가 그러하다면 그 무엇이든 받아들이고 싶어진다.

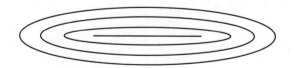

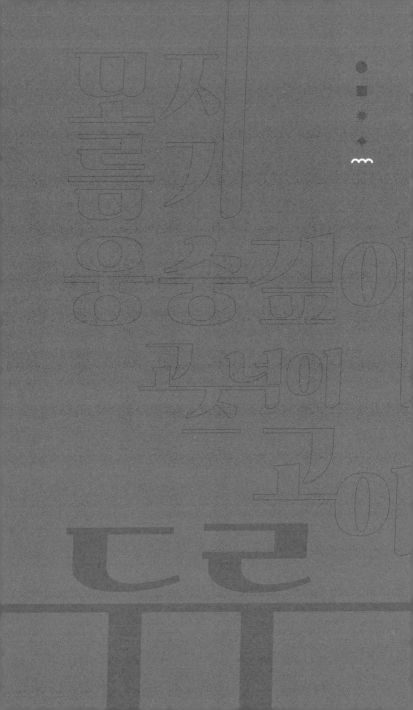

두루

~~~

온
땅에
평화를

빠짐없이 골고루.

갖추 · 고루

이루 말할 수 없는 슬픔에

두루 위안을 건네는 큰 품.

고루 부디 골고루

4월의 어느 날, 강변도로를 달리며 차창을 열었다가 깜짝 놀랐다. 햇살은 분명 여름의 것인데 바람은 여전히 겨울에 머문 듯 차가웠다. 봄은 언제 오려나, 읊조리며 무심히 라디오를 켰다. 꽃샘바람처럼 가슴을 에는 곡조와 노랫말에 다시 한번 화들짝 놀랐다.

진행자는 가수 김윤아의 '키리에'라는 곡이라 소개했다. '키리에 엘레이손(Kyrie Eleison)'은 미사 때 올리는 짧은 기도문으로 '주여, 부디 자비를 베푸소서(우리를 불쌍히 여기소서)'라는 뜻이며, 줄여서 '키리에(Kyrie, 주여)'라고도 한다.

한동안 '키리에'의 파장에서 헤어나오지 못했다. 이루 헤어릴 수 없는 슬픔에 기대어 지옥을 살아가는 이의 저린 나날이 온전히 전해졌다. 소중한 이를 잃은 사람의 갈갈이 찢긴 마음의 갈래를 노래는 구슬피 어루만졌다.

누구는 첨탑처럼 높은 집에 살며 너비와 높이를 장악하고 누구는 길과 바로 이어진 좁은 방에서 냉난방기 하나 없이 사나운 계절을 온전히 버텨낸다. '여간하여서는 도저히' 헤아릴 수 없는 '이루'보다 **'두루 빼놓지 않고'** 사랑을 나누는 고루가 가득하면 얼마나 좋을까.

혼탁해진 인간 세상의 불평등과 불균형, 그로 인한 갖가지 재앙과 재난에 사그러진 생명을 지켜보노라면 절로 '자비를 베푸소서' 두 손 모은다. 또 하나의 못 가진 자로서 때로 이리 기도한다. '주여, **두루** 자비를 베푸소서.'

우리 곁의 두루

'빠짐없이 골고루'라는 뜻의 **두루**는 실제 현실에서 구현될까 싶도록 이상에 가까운 말이다. 개업 떡이야 이웃과 고루 나눌 수 있으나 과연 신이 아닌 인간 중 그 누가 자비를 **두루** 베풀 수 있을까. **두루**와 모음 구조가 동일한 구루(Guru, 정신과 영혼의 지도자)처럼 신의 영역에 오른 자라면 가능하려나.

보편(普遍, 모든 것에 **두루** 미치거나 통함), 공공(公共, 국가나 사회의 구성원에게 **두루** 관계되는 것), 공리(公理, 일반 사람과 사회에서 **두루** 통하는 진리나 도리)와 같은 말의 뜻풀이에서 발견한 **두루**는 반가우나 공허해 보였다.

허탈한 나날 속 문득 화장실에서 일상의 **두루**를 발견했다. 화장실에 걸린 두루마리에 **두루**가 말려 있었다. 그러고 보니 **두루** 막힌 두루마기에도 **두루**가 깃들었구나. 부디 숱한 **두루**가 먼 데 뜬 구름이 아니라 손 닿는 데에서 **두루** 삶을 이롭게 하기를.

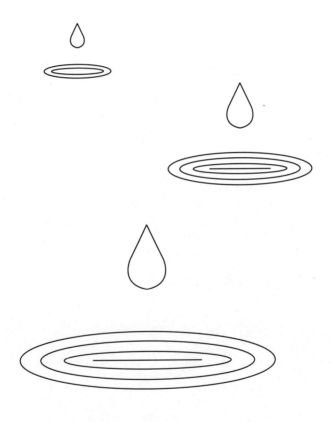

고이

∼

꽃이

뜻풀이

겉모양 따위가 보기에 산뜻하고 아름답게.

정성을 다하여.

편안하고 순탄하게.

온전하게 고스란히.

성질이나 태도가 순순하게.

닮은말

그대로·고스란히

본보기

꽃을 닮은 그 마음,

고이고이 이어지기를.

곱디고운

'와, 곱다'라는 말을 처음 내뱉은 때는 외할머니 회갑연에서 막내이모의 한복자락을 본 날이었다. 이모의 연분홍 치맛자락은 봉선화 꽃잎을 이어붙인 듯 곱디고왔다. '아름답다'보다는 '곱다'라는 표현이 딱 어울렸다. 고운 한복은 스물을 갓 넘긴 이모의 뽀얀 낯빛과도 잘 어울려 아홉 살 조카는 그 치맛자락으로 얼굴을 가린 채 가족사진을 찍었다.

'곱다'라는 말이 하도 좋아 중3 봄소풍 때 나비처럼 노란 블라우스를 입고 온 친구에게 '그 옷 참 곱다'고 했더니 '너 꼭 우리 할머니 같아'라며 깔깔 웃기만 했다.

다시 '곱다'를 만난 때는 그로부터 얼마 후 국어 시간이었다. 유난히 시 낭송을 잘하던 선생님은 '얇은 사 하이얀 고깔은 고이 접어 나빌레라' 조지훈의 〈승무〉를 나직하게 읊었다.

고이는 나비처럼 춤추는 고운 승려를 당장 눈앞에 데려왔다. 처연하고도 숭고한 춤사위를 묘사한 시의 첫 구절과 마지막 구절에 나오는 **고이**에 바로 매료되었다. 이 시의 **고이**는 '곱다'의 어떤 뜻을 대입해도 다 그럴싸했다.

꽃에서 피어나

잠든 조카의 보드랍고 따스한 볼을 쓰다듬으면 시름이 사라지
곤 한다. 지상에 내려온 보름달처럼 환하고 고운 볼을 쓰다듬으
며 '**고이** 잘 자라. **고이고이** 잘 자라라' 절로 주문을 왼다.

아기의 볼처럼 둥근 밥에도 **고이**가 산다. 기자 초년 시절, 마감
기간에 밤을 꼴딱 새고 아침 먹으러 가던 작은 백반집, 낮 동안
만 손님에게 내 주는 안방 벽에는 '고운 일 하면 고운 밥 먹는다'
는 글귀가 담긴 액자가 붙어 있었다. 그 문장을 한참 들여다보노
라면 고운 밥 푸지게 담던 아주머니는 서예를 즐기는 남편이 직
접 썼다며 배시시 웃곤 했다.

함께 마감을 하며 고운 밥 나누어 먹던 한 선배는 어느 날, 꽃
을 보며 '곱다'고 말하는 내게 '그거, 꽃에서 온 말이야'라고 일
렀다. 예전에 꽃을 '곳'이라 불렀고, '꽃과 같다'는 뜻의 '곳다'가
'곱다'가 되었다는 세세한 내막까지 들려주었다.

이후로 기사에 **고이**라는 단어를 애써 자주 썼다. 짧은 한 편의
글이지만 누군가 **고이** 읽어주길, 여의하다면 **고이** 간직하길 바
라는 마음을 담아. '고운 글이 고운 밥 되게 해달라' 기도했다.
오늘도 그 바람을 안고 **고이** 마지막 한 줄을 쓴다.

이응 0001

말말 지도 따라 떠나는
우리말 부사 미식 여행

맛난 부사

지은이 장세이

초판 1쇄 발행 2022년 11월 30일

펴낸이 장세영
펴낸곳 이응출판

등록번호 제2022-000010호
전화 070-4224-3030
팩스 0303-3442-3030

전자우편 oioiobooks@naver.com
인스타그램 instagram.com@oioiobooks

디자인 박지현
인쇄 상지사